Charles Catteau

Pitje et la renoncule

© 2017, Charles Catteau
Edition : BoD - Books on Demand
12/14 rond-point des Champs Elysées, 75008 Paris
Impression : Books on Demand GmbH, Norderstedt, Allemagne
ISBN : 9782322114627
Dépôt légal : janvier 2017

I

C'est sans doute dans les circonstances de sa naissance que le petit Pitje avait puisé l'énergie et l'allant dont il allait faire preuve toute sa vie.

Ses parents avaient joué avec l'histoire sans trop le savoir, avaient traversé celle-ci avec l'inconscience de jeunes amoureux qui n'avaient pu attendre d'être installés après avoir terminé leur évolution personnelle pour se donner l'un à l'autre. À l'époque il fallait choisir : ou on se mariait ou on se retenait ! Ils avaient choisi la première alternative et leur première fille avait été conçue dès le voyage de noces, avant accomplissement du service militaire qu'ils auraient dû deviner bien incertain puisqu'en Allemagne les juifs venaient de se voir retirer leur permis de conduire, ce qui voulait tout induire sur leur sort à venir et celui des démocraties. Ils avaient vécu séparés et inquiets la drôle de guerre puis la retraite de France à laquelle son père, jeune officier, avait mis fin en traversant au péril de sa vie les lignes allemandes en limite de la zone occupée puis en remontant dans le nord avec un convoi de la *Wehrmacht* grâce à une négociation en allemand qu'il parlait couramment. Ils avaient conçu la seconde fille après la négociation Darlan-Laval-Abetz engagée pour faire entrer la France dans « l'ordre nouveau ». Son frère aîné avait été conçu lors des premiers bombardements sur Hambourg, sur les usines Bosch de Stuttgart et sur Cologne pour voir le jour un mois tout juste avant la capitulation de Stalingrad. Pierre avait été conçu dans la joie causée par la connaissance parvenue en retard du débarquement de Normandie, avait frémi quand à quatre mois de vie intra-utérine Hazebrouck avait été libéré par l'armée canadienne du groupe Montgomery et était né quand les Américains enfonçaient la ligne Siegfried et les Russes atteignaient l'Oder : il y avait de quoi exulter toute sa vie ! Ses parents allaient continuer à croiser l'histoire, le frère suivant ayant été conçu à la naissance de la quatrième république, de l'abandon de la Chine par les américains, juste avant le plan Marshall, le suivant lors du procès du cardinal Mindzenty à Budapest et juste avant la création de l'Otan et allaient continuer, toujours sans qu'il y ait un quelconque lien de causalité, avec les deux petits derniers, la petite sœur ayant été conçue dans l'intense émotion de l'insurrection de Budapest et le petit frère lors de la première extraction de plutonium et de l'envoi d'Explorer dans l'espace, tous événements aux conséquences impressionnantes.

Pierre allait se construire et s'affirmer à travers ce que déclinaient les sociologues : une famille, une école, une société.

Pierre allait vivre son enfance au sein d'une famille nodale qui se suffisait à elle-même, qui s'élargissait à l'occasion aux deux branches et ce dans une implantation, la Flandre française, qui lui léguerait son prénom de Pietje, lequel resterait son appellation par les proches et serait même adoptée plus tard par ses enfants. Ses parents étaient très amoureux et consacraient, sans signe perceptible d'insuffisance, leur vie à leur descendance qui par le nombre et l'agitation suffisait à les occuper : Pierre et ses sœurs et frères les voyaient s'embrasser et multiplier les signes d'affection. Le bonheur était simple. On savait s'amuser entre sœurs et frères dans le vaste jardin, jouer aussi bien au papa et à la maman qu'à la princesse en faisant des cortèges décorés de chiffons, entre frères en jouant au foot sur la pelouse où son père avait bricolé un but ou en tournant dans les allées à vélo inlassablement ; déjà il marquait son caractère : dans son auto métallique rouge à pédales il était toujours le pilote de tête ; au foot il était l'avant centre et le capitaine, son frère aîné étant le goal et tous deux jouant avec des chaussures à crampons trop grandes parce qu'on ne pouvait les changer tous les ans ; dans les cortèges il était le roi avec la sœur reine de droit parce que l'aînée. A la maison il n'y avait pas de télé, peu d'écoute de radio, un peu de lecture du journal local ; avec les parents on faisait des jeux de société, on écoutait maman qui jouait du piano et faisait répéter papa qui devait chanter dans une opérette, on vivait comme une corvée les leçons de piano qu'on nous imposait et ce n'est pas à travers elles que Pietje et ses frères avaient trouvé leur grand amour de la musique qui ne naîtrait que plus tard. Tout cela dans une liberté assez fantastique : il pouvait avec son frère se balader dans les chéneaux de la maison sans que les parents ne s'affolent ; son père les emmenait sur son grand vélo récupéré juste après guerre dans un fossé, qui avait la particularité d'avoir une roue avant plus grande que la roue arrière avec trois garçons sur l'engin, un sut le guidon, un sur le cadre, un sur le porte-bagages auquel il accrochait une charrette en tubes soudés par un mécano où les filles s'asseyaient. Et hop c'était la joie !

L'école, c'était l'école privée bien entendu, chez les frères des écoles chrétiennes pour les garçons parce que ses parents étaient très marqués par leur éducation religieuse, que les Flamands revendiquaient leur catholicité. Pietje y était à l'aise au milieu de jeunes dont certains parlaient le français en roulant les « r » car issus de générations qui ne le parlaient pas au quotidien : son grand père et un oncle le parlaient, son père le comprenait et ne le parlait plus. La mémoire et l'orthographe étaient cultivés, entretenus tous les soirs par les répétitions avec son père ou sa mère. Cette atmosphère scolaire était prolongée par les fréquentations de ses parents : leurs invités étaient souvent des curés du petit séminaire ou de la paroisse qui aimaient se défouler, physiquement en jouant au foot en remontant leurs soutanes, en montrant leurs mollets au dessus de leurs grosses chaussettes noires, moralement en racontant des histoires drôles où il était souvent question sans le dire de sexe, voire en suscitant des histoires idiotes inventées par les enfants, telle celles du frère aîné qui se terminaient invariablement par un roi mage qui faisait un prout dans une poubelle, ce qui provoquait un éclat de rire général. A titre éducatif plusieurs fois par an on avait droit à une projection au moyen d'un appareil antique qui avait bien des ratés de films de Charlot, mais la chaîne de montage des Temps modernes nous inspirait peu, ou, ce qu'on aimait mieux, de Laurel et Hardy, qui provoquaient des fous rires. On allait très peu au cinéma et le premier que Pietje se rappellerait avoir vu était *Voleur de bicyclette* qui l'avait bien ému par tant d'injustice.

La société, c'était la famille au sens large et l'église. La famille, c'était l'affectueuse grand-mère maternelle chez qui Pitje allait prendre son bain rituel du samedi parce qu'elle avait une baignoire avec eau chaude courante alors qu'à la maison il n'y avait qu'une bassine installée sur table où les enfants étaient lavés en série, filles et garçons aussi nus les uns que les autres, en contradiction avec la rigidité de l'éducation qui interdisait de parler crûment de sexes qu'on pouvait voir à loisir de toilette. Les grands rassemblements familiaux se faisaient du côté paternel avec les mariages et les repas de l'an. Pitje allait y puiser son sens de la fête et de la rigolade. Il y avait une bande de tantes et d'oncles qui aimaient manger, boire et, il faut bien le dire, déconner, sous l'auspice des patriarches qui trônaient en bout de table. Pierre n'avait pas vu l'exploit qui était souvent rappelé de l'oncle qui avait trop bu et rentrait dans sa voiture par la fenêtre en disant « mais je croyais que la porte était ouverte », mais il les voyait chanter en français ou en flamand, se poursuivre autour de la table, se piquer avec du houx placé dans un bouquet, et rire et rire, ce qui ne les empêchait pas de repartir en voiture ! La domesticité, héritée du temps où le grand-père était entrepreneur, donc notable de village, était assimilée à la famille avec laquelle elle vivait et elle allait donner à Pietje le sens de la chaleur humaine : la vieille Hélène, dite « Lensche », toute fripée mais rigolote, qui tutoyait sa patronne, la grand-mère, qui racontait qu'elle allait chercher son incapable de mari au bistrot et le ramenait à la maison dans une brouette, ou Rachel qui à soixante ans faisait encore dans l'herbe une démonstration de « pirlouettes », la bonne enfin venue d'un village des environs et qui quitta vite la famille pour cause de mariage rendu urgent parce que son copain, un vrai « marouleux », avait trop « r'dressé s'norelle » !

Quant à l'église elle imposait encore son rythme si Pitje en prenait à son aise avec les rites : il avait été enfant de chœur comme tout le monde mais il chahutait bien, avait en parcourant les rues avec la charrette chargée d'une lessiveuse vendu l'eau bénite que les croyants achetaient pour deux sous pour bénir leur maison mais en déversait dans le caniveau pour aller plus vite ; il avait refusé de faire partie d'une chorale et s'était plus vite que les autres, sa sœur qui portait le monde, boule si lourde dans la procession du sacré cœur, son frère qui chantait en solo de sa voix de fausset, libéré de cette emprise. Le rite qu'il acceptait bien, c'était la messe de minuit de Noël parce qu'on mangeait bien et partait en famille à Saint Eloi dont le clocher était surmonté d'une grande étoile illuminée, qu'on chantait à tue-tête pour se réchauffer « Il est né le divin enfant » ou « *Adeste Fideles, Venite adoremus, Natum videte* » et qu'on vainquait le sommeil au retour parce qu'on allait filer à la cheminée de la chambre des parents découvrir les cadeaux dans les pantoufles placées en demi-cercle.

Ayant ainsi commencé à forger son caractère il aurait comme tous les membres de sa fratrie à poursuivre l'évolution amorcée par ses parents : pour ceux-ci le départ de Flandre avait été la première rupture avec leur base. Son père pour cause d'amour et de guerre s'était jusque là exclusivement attaché à sa femme et à ses six enfants et sentait bien qu'il était sous-employé. En accord avec sa femme il s'était décidé à passer un concours à Paris : toute la famille sentant le germe d'un devenir était venue lui faire un au revoir sur la passerelle au dessus du train crachant sa fumée qui l'emmenait à Paris ; il avait été reçu et avait obtenu un poste en avancement qui imposait un déménagement dans une autre ville où la famille s'était bien adaptée tout en sachant que la situation était provisoire ; il avait été après quelques années nommé à un poste de direction au niveau départemental. Il n'aimait pas son métier mais il l'exerçait brillamment. Le frère de Pierre avait eu accès à quelques rapports de redressement et lui qui faisait du droit mais n'était pas fiscaliste avait tout compris et avait admiré la clarté de l'exposé et la rigueur du raisonnement : c'était un modèle dont il se souviendrait. Si la maladie invalidante ne l'avait frappé il serait allé beaucoup plus loin ; ce serait à ses enfants de réaliser ce qu'il n'avait pu faire, il y contribuerait en enrichissant sa grande culture générale et en leur donnant la capacité de raisonner, en leur donnant l'exemple de la transition d'une base théologique à une philosophie personnelle basée sur sa réflexion à lui et fondée sur l'évolution des sciences fondamentales qu'il suivait avec passion. La séparation du milieu initial avait été une marche vers le chef lieu, siège des facultés : c'était la voie tracée de l'abandon d'une société patriarcale centrée sur sa spécificité et son héritage historique vers une société qui allait s'ouvrir de plus en plus et se mondialiser, c'était le passage du petit Pietje au Pierre qui allait aimer courir le monde.

On travaillait, on réfléchissait ; on se détendait aussi, on savait jouir pleinement des vacances.

II

C'était chaque année le voyage de vacances que la vie de chacun allait intégrer : ce petit village du Jura où était née notre mère par le jeu des circonstances mondiales, juste après la première guerre parce que grand père était affecté à la poste militaire dans la région et y avait connu grand-mère, n'était pas encore perçu comme un village gaulois au sens qu'on donnerait plus tard à cet adjectif mais il avait le charme d'un dépaysement complet, physique parce qu'il était très différent du lieu de vie habituel, et moral parce qu'il faisait évoluer dans une société autre, historique parce qu'on y vivait encore comme autrefois.

Au milieu de la période de guerre, la seconde, et pendant les quelques années suivantes, la famille y allait en train, en train à vapeur et en troisième classe dans un inconfort dont on ne souffrait nullement ; il suffisait de voir arriver sur le quai de la gare de notre ville la locomotive et son geyser de vapeur, aussi allante que si elle traversait le far-west, pour être parti. Lors du premier trajet on traversait des paysages connus des Flandres, on reconnaissait presque les arbres et les prés que l'on avait vus en faisant du vélo puis la nouveauté commençait avec la traversée des mines, de ces contrées noires du charbon qui en faisait la richesse en même temps que la dureté. On voyait les terrils et à leurs pieds les chevalets de puits et autour d'eux les courées, les petites églises si modestes, et papa nous expliquait la vie des mineurs, sa description valant celle de Germinal, nous parlait des Polonais regroupés par villages et de leurs habitudes tant religieuses que de consommation. Dès qu'on quittait cette zone, on apercevait le monument de Vimy et ses deux piliers s'élançant vers le ciel dont on ne savait pas qu'ils représentaient les portes de l'éternité et aussitôt après le beffroi d'Arras avec son lion. Papa avait à peine eu le temps de nous rappeler Jean Bodel et Adam de la Halle dont nous avions entendu parler en cours de français que le train dans un bruit impressionnant de ferraille freinait déjà passait sous la passerelle couverte et fermée de la gare au béton noirci et s'arrêtait. Il fallait descendre en portant chacun son bagage, et le quai était bien bas par rapport aux marches en bois du wagon pour attendre une bonne demi-heure sur le quai l'arrivée du « rapide » Lille-Paris pour reprendre le voyage. On traversait alors l'Artois, la Picardie, l'Île de France ; on se repérait à l'église d'Albert, la gare d'Amiens, les multiples voies de Creil, l'église de Survilliers et quand on voyait la basilique de Montmartre on se savait arrivé à Paris.

Paris c'était le métro qui faisait lui aussi un bruit d'enfer et les Parisiens qui couraient tous dans les couloirs comme s'ils étaient pressés pour on ne sait quoi ; nous, nous ne l'étions pas et ça valait mieux pour traîner les bagages, car nous savions que le départ du train de nuit nous laissait quelques heures. On mangeait un morceau, c'est-à-dire des frites et une saucisse, dans un restaurant près de la gare, rue de Lyon et on allait repérer d'où partait le train de nuit.

Commençait alors la partie la plus longue du voyage. On s'installait comme on pouvait pour passer la nuit : les parents restaient assis et nous nous essayions de nous allonger sur la banquette et les sacs posés par terre. On avait le droit de ne pas dormir jusqu'à la gare de Laroche-

Migennes où la loco prendrait de l'eau mais on prenait un acompte de sommeil bien avant. Et puis on replongeait dans le sommeil et la chaleur enfin assurée après réclamation au contrôleur qui nous avait réveillés, jusqu'à Dijon où il faudrait changer de train.

A Dijon, fatigués et à moitié réveillés, qu'on avait froid sur le quai et que le train qui allait en Suisse se faisait attendre ! Mais il allait en Suisse qui n'était pas loin de notre destination. A Auxonne on passait au dessus de la Saône dont le Doubs était un affluent, ce qui nous rapprochait et puis on descendait du train « suisse » à Frasne pour prendre la Micheline qui nous emmènerait à Pontarlier.

A Pontarlier il était huit heures ou plus et nous attendait toujours le même taxi. Le père Paillard qui nous accueillait dans la gare, qui connaissait toute la famille maternelle, on le repérait à sa blouse grise qui allait jusqu'à ses chaussures et à son béret ; en le voyant maman vibrait déjà. Il nous emmenait à Arçon que nous apercevions dès que la route tournait près du pont des oies et plongeait vers le Doubs dans une descente qui nous paraissait à l'époque rapide. On devinait d'en bas le village et la première maison connue de nous, celle de la Marie B, appelée comme tous les habitants du village par son prénom précédé d'un article, soit la Marie, et la Marie B parce elle était l'amie intime de notre tante Marie, la Marie V, et qu'il fallait les distinguer, seule maison construite à mi-pente et dans le sens de la ligne de niveau, maison blanche qui se distinguait des autres.

Cette image du site allait rester la même pour toujours.

Quand on viendrait à Arçon en voiture, d'abord avec la traction, première voiture fiable qui permit le voyage sans incident, après 10 à 12 heures de voyage et un repas de midi obligé au restaurant à Joinville, l'arrivée ne serait de même admise qu'à la vue de ce paysage. On était alors soulagés d'y être et contents à la perspective d'y passer un mois.

On déroulait mentalement les derniers mètres, le passage du pont, l'ébauche de montée sous le pont de chemin de fer, puis la montée plus dure moyennant passage en seconde de la voiture vers le premier niveau, le virage à droite au niveau de la maison de Marie B et la montée finale entre les fumiers en carré de l'oncle Émile et des Simon. A l'époque on n'avait pas de téléphones portables pour annoncer son arrivée mais la tante était sur les nerfs depuis le milieu d'après-midi et, si elle n'avait vu de sa petite fenêtre d'escalier la voiture circuler sur la nationale le long du Doubs, elle la voyait arriver de la fenêtre de cuisine donnant sur la grande rue avant d'entendre le coup de klaxon marquant la fin de l'expédition. C'étaient alors des retrouvailles annuelles dignes d'un retour de prisonniers, des embrassades arrosées par les pleurs d'émotion de maman et de la tante et contemplées derrière les rideaux qui s'écartaient par les vieux qui surveillaient à longueur de journée les événements imprévus. A peine si l'on avait le temps de sentir l'odeur ambiante si particulière du village parfumé par les émanations des fumiers placés devant les maisons-fermes, véritables signes extérieurs de santé économique à défaut de richesse.

Suivaient le déchargement de la voiture et l'installation

dans l'appartement de la tante Marie, dans sa cuisine et ses deux chambres en enfilade au premier étage de la ferme. Le martèlement des pieds d'une famille nombreuse dans l'escalier extérieur en sapin de pays, sapin raboté pour les marches, sapin brut pour le parement extérieur, et la pose des bagages dans les pièces créaient une pagaye que la tante Marie, vieille fille de toujours qui n'était pas pour autant une fleur fanée et qui rayonnait de perdre son isolement habituel alors qu'elle aimait bien la société, supportait avec bonheur. Évidemment après avoir été enfermés toute la nuit dans le train puis plus tard toute la journée dans la voiture on avait besoin de s'ébrouer et on descendait la ruelle en courant pour aller dire à la Marie B qu'on était là avant de remonter dans cette ruelle en cailloux qui faisait savoir à travers nos bottines que nous foulions un autre terrain que notre terrain habituel.

Nous étions comme les veaux : après avoir bien gambadé on avait faim et soif. Il fallait pourvoir à la satisfaction de trois adultes et de quatre puis cinq puis six enfants : la tante se mettait à son fourneau, une cuisinière au bois qui allait bien nous occuper, et préparait les « patates » d'Arçon, pommes de terre de son jardin coupées en petits cubes et cuites à la poêle sur fond d'huile, et rondelles de saucisse d'Arçon, en fait de Morteau, le tout arrosé par l'eau de la fontaine alimentée par une source située de l'autre côté de la vallée en pleine forêt. On terminait par du comté de la fruitière du hameau voisin sur du pain de village à la grosse mie et par un fruit. Une belle entrée en vacances et un régal ; on pouvait ressortir mais les aînés des garçons devaient aller à la fontaine remplir les deux arrosoirs et les remonter, et c'était dur, parce que le logement n'avait pas l'eau courante et les filles devaient essuyer la vaisselle. Ensuite on nous envoyait faire nos petits besoins, dans le pré d'en face pour les garçons, au cabinet, c'est-à-dire la cabane en sapin de pays au fronton triangulaire et à l'équipement limité à une planche percée d'un cercle couverte d'un couvercle en sapin raboté très propre, posée sur la fosse dans laquelle se vidaient les déjections du cheval et des vaches, pour les filles, et on pouvait aller dormir dans la chambre du fond qui sentait le foin puisque la grange était au dessus. Il y avait deux lits pour deux personnes, les deux filles et les deux garçons bien sûr. On s'endormait sous la garde d'un oncle lointain dont la photo de fin du XIXe siècle le montrait en cuirassier dont la fierté éclatait dans sa moustache à la Napoléon III. Les premières impressions étaient ainsi olfactives.

Le réveil était assuré par le passage dans la grande rue, à 6 heures, du troupeau, de toutes les vaches du village qui partaient après la traite du matin au communal sous les cris du berger accompagné d'un ou deux garçons de ferme. On se ruait sur le déjeuner composé d'un bol de lait, ce lait au goût si fort d'herbe des prés qui n'était pas demi-écrémé mais seulement bouilli par la tante M, de tartines de pain de campagne couvertes généreusement de beurre aussi naturel et goûteux que le lait, et de confiture de cassis, spécialité de la tante qui les cueillait dans son jardin et en faisait des bassines à la fin de nos vacances.

La matinée était libre, après une visite de politesse à l'oncle Gaston et à la tante Bernadette qui habitaient le rez-de-chaussée de la maison pour les enfants pendant que les parents donnaient à la tante les nouvelles de toute la famille et que la tante leur donnait celles du village. S'il ne pleuvait pas, condition de toute escapade au grand air, on retrouvait les gens et les lieux délaissés depuis 11 mois ; les gens, on les retrouvait à la fontaine du village, véritable lieu géométrique et lieu de passage obligé des enfants qui allaient faire les courses à la boulangerie-épicerie en face de l'église ; les retrouvailles étaient assez faciles avec ceux qui étaient plus ou moins nos cousins même à des degrés éloignés, elles étaient beaucoup plus prudentes avec les autres tant le comtois est réservé et méfiant avant de se lier. Il fallait la sortie de Fortunat, qui nous connaissait d'autant que son café était situé à un angle du rez-de-chaussée de la ferme familiale, et son interpellation « adieu le Pierre ou le François » pour détendre la société. Les lieux étaient retrouvés par l'allée des tilleuls, ces arbres majestueux et épais certainement plus que centenaires qui menait au cimetière. L'instituteur nous demandait où nous en étions à l'école, le curé prévenu par sa bonne ne sortait pas de chez lui parce qu'on ne l'avait pas encore visité. On passait devant le cimetière, on n'y entrait pas car on reviendrait avec les parents et on allait à gauche aux sablières, ancienne carrière de sable creusée à flanc de coteau d'où on avait une superbe vue de la vallée et de la somptueuse forêt couvrant l'autre versant. On y jouait avec ce qu'on pouvait puis on rentrait quand la cloche de l'église sonnait l'angelus en saluant les fermiers qui rentraient des champs et qui répondaient en soulevant leur chapeau.

Le premier après-midi et ce, quel que soit le temps, avait ses rites obligés : il fallait visiter le curé et tous les membres de la famille maternelle résidant dans le village. Le curé faisait semblant d'être surpris et nous accueillait dans sa cure qui nous paraissait bien triste mais où il trônait de toute l'autorité qu'il reconnaissait à sa fonction et peut-être bien à lui-même : c'était un personnage qui régentait d'une certaine manière la société locale et ce par les femmes qu'il entendait à confesse qui craignaient ses diatribes qu'il n'hésitait pas à clamer du haut de la chaire dans ses sermons du dimanche. Il était évidemment toujours en soutane, avait des affirmations péremptoires sur les incroyants, ceux qui ne venaient pas à la messe, sur les « camps volants », les inconnus de passage et tous ceux qui ne s'étaient pas présentés à lui. Il réservait d'emblée papa pour le conduire chez l'archiprêtre ou chez un spécialiste, pour mettre en route sa voiture, une celta quatre de vingt ans d'âge, qui ne sortait qu'une fois par an, le 15 août pour le ramener du Cotay après la procession à laquelle participaient tous les villageois comme dans un tableau de Courbet. Il nous réservait pour servir la grand messe et nous promettait une petite récompense qui était une pièce de cinq centimes. On acceptait volontiers parce que ce pouvait être drôle : il disait la messe en latin auquel il ne comprenait vraisemblablement pas grand-chose, mangeait la moitié des mots : *Dominus vobiscum et cum spirituo (spiritu tuo), credo unum deum, patrem potentem (credo in unum deum, patrem omnipotentem), lavabo manus (pour lavabo inter innocentes manus meas)* etc., il faisait des sermons inattendus dans lesquels il n'hésitait pas à fustiger les filles ou femmes qui n'avaient pas de chapeau ou les familles qu'il nommait qui n'envoyaient pas les enfants au catéchisme, il tolérait bizarrement des comportements facétieux, un enfant de chœur par exemple qui maniait l'ostensoir en lui faisant faire un tour complet dans les airs ou des enfants de chœur qui vidaient en douce les burettes quand il n'en avait plus besoin pour l'office.

Après le curé venaient les oncles et tantes, si ce n'étaient pas de grands-oncles et grand-tantes, et c'était beaucoup plus dur pour nous car nous n'avions pas grand-chose à leur dire et d'ailleurs les parents ne nous donnaient pas la parole, car pour nous c'était toujours trop long et nous étions trop jeunes pour goûter ces tableaux sociologiques ou en profiter pour réaliser comment on vivait au XIXe siècle ou début XXe siècle. Les visites se faisaient dans l'ordre d'ancienneté. On commençait par la tante Sidonie et l'oncle Rémi. La pauvre était devenue aveugle et lui, perdait un peu les pédales : les entendre parler du passé et voir le » vieux t'oncle » cracher dans son verre ne nous incitait ni à écouter ni à partager une collation. On passait ensuite chez l'oncle Joachim et l'on était déjà fatigués au point de ne pas rire quand il montrait son cercueil ouvert dans sa chambre dans lequel il couchait de temps en temps pour s'y habituer. Puis nous étions reçus par l'oncle Émile qui avait dans sa ferme un impressionnant tuyé ou tuhé où pendaient quantité de jambons et de saucisses. Et puis on finissait cette génération par une visite plus longue à l'oncle Gaston et la tante Bernadette dite la Bernadette.

Gaston et Bernadette étaient les propriétaires de la maison, la tante Marie ayant l'usufruit sa vie durant de l'appartement du premier étage. Gaston avait hérité de la maison parce qu'il était le fermier continuateur de l'exploitation familiale. Cette maison était immense et comprenait les locaux de la ferme de Gaston, le café de Fortunat et la laiterie c'est-à-dire une pièce où était collecté journellement le lait des vaches du village que chaque fermier amenait en bidons en fer blanc avec couvercle rond traversé d'une tige en son diamètre avec une brouette, une charrette ou un triporteur car la collecte par camion cuve n'existait pas encore. Cette laiterie, source d'animation tous les soirs, était imprégnée de l'odeur du lait et résonnait tant du bruit des bidons que des conversations des producteurs et des acheteurs, femmes ou gamins, qui venaient y acheter leur lait avec leur boite à lait de deux litres avec couvercle à enfoncer et anse avec tige pour le porter. Cette animation était accrue du choc des grands bidons blancs de cinquante litres que le patron de la fruitière venait collecter le soir dans sa camionnette Renault Galion à cabine avancée au nez bas et ses deux plateaux en aluminium bordés de chaînes retenant les bidons. Le café ne créait de bruit perceptible dans l'autre partie de la maison comtoise que le dimanche par sa fréquentation à la sortie de la messe. Il ne faisait pas restaurant mais tous les hommes s'y retrouvaient pour l'apéritif ou des parties de cartes. Le reste de la semaine il n'y avait que des consommateurs de passage et notamment des acheteurs de tabac, l'étal en étant limité à une étagère derrière un comptoir très simple en ce qu'il ne fallait pas y demander autre chose que du tabac gris ou des gauloises ou quelques petits cigares. Le reste de la maison et sa plus grande partie était composé d'une partie habitation, le logement de Gaston au rez-de-chaussée et l'appartement de la tante au premier, et d'une partie consacrée à l'exploitation. Le logement de Gaston comportait une grande cuisine communiquant avec un couloir et donnant sur deux chambres en enfilade qui se trouvaient dans un état d'avant première guerre mondiale, sombre, sans chauffage, alimentées seulement en électricité, la cuisinière à bois servant aussi bien au chauffage qu'à la cuisine. Le couloir qui contenait les outils à main donnait accès à l'étable en même temps écurie qui abritait un cheval comtois dénommé « Mousse » devenu au fil des ans le vrai complice de Gaston et trois ou quatre vaches montbéliardes dont le lait était la seule source de revenus des exploitants, éventuellement des petits veaux ; la mangeoire des animaux communiquait par trappe dans le plafond avec le grenier à foin qui occupait toute la superstructure. Une petite porte donnait sur la petite chambre pouvant tout juste contenir le lit du petit vacher qui était présent lors des premières vacances, le petit commis étant un enfant de l'assistance publique placé en pension dans ces conditions aussi misérables qu'odorantes. Au milieu de l'étable une rigole permettait l'écoulement des urines des animaux par un trou dans le mur vers la fosse extérieure, le fumier étant emmené par brouette tous les jours sur le tas au bord du pré et du jardin ; c'était encore le lieu d'aisances sans aucun équipement des fermiers, la Bernadette ne voulant pas utiliser le cabinet extérieur parce qu'il fallait chercher la clé pendue dans l'escalier de la tante Marie, sa belle-sœur avec qui elle partageait une haine farouche dont on reparlera... Ils vivaient plus que chichement de la vente du lait de leurs vaches, leurs cultures du seul foin n'étant faites que pour nourrir les animaux, du produit de leur élevage de poules et de lapins servant d'abord à la consommation domestique et occasionnellement à la vente à quelques amis ou clients de passage : pas de blé, pas d'avoine à envoyer en meunerie, pas de bêtes à viande, pas de beurre à vendre ; ils consommaient les légumes de leur jardin et brûlaient le bois de leur parcelle de forêt qui leur apportait en outre mais épisodiquement la recette d'une coupe vendue à la scierie du bas ; même la merde ne servait qu'à la fumure de leur pré servant de pâture au cheval et aux veaux quand ils en avaient. Ils n'étaient pas riches en capital : leurs terres se limitaient à quelques hectares d'herbes à foin et une parcelle de forêt sur le versant sud de la vallée. Le matériel était entreposé dans la grange de l'autre côté de l'allée qui menait à l'escalier de la tante et à la citerne sous la lucarne de la chambre du vacher : il était composé en tout et pour tout d'une faucheuse tractée par cheval, d'un chariot à foin avec deux grumes en haut du V, son échelle à l'avant et sa poulie à l'arrière servant à tendre la corde reliée à la grume mobile qui passé à l'avant sous le dernier degré de l'échelle pressait le chargement de foin, d'une tonne à purin constituée d'un cube en sapin avec trappe de remplissage par-dessus et robinet d'épandage avec système rotatif à l'arrière, des outils à main, fourches, râteaux, haches et espèce de cuiller en bois fixée au bout d'une perche, longue pour éviter les éclaboussures !, qui servait à vider la fosse dans la tonne et qui faisait à la suite du corps de l'oncle Gaston un arc de cercle quand il soulevait la cuiller pleine. Il n'y avait pas de mécanisation, pas de tracteur comme dans quelques rares fermes du pays, pas d'élévateur de foin dans la grange au dessus de la maison, évidemment pas d'appareil de réfrigération, la cave sous grange en tenant lieu. Leur seule ouverture sur le monde venait d'un appareil radio qui servait pour les informations. Inutile de dire qu'ils ne mangeaient pas de viande tous les jours et que le plus beau cadeau que notre père pouvait faire à l'oncle Gaston était de lui faire livrer un petit tonneau de vin rouge dont il dégustait le contenu à plus que sa valeur...

L'oncle Gaston était un homme simple, effacé, parlant peu et ne le faisant volontiers, encore fallait-il que papa l'interroge, que pour raconter sa guerre 14 au cours de laquelle il avait été gazé à la frontière belge, ce dont il ne gardait pas de séquelles visibles par des enfants. Il avait la moustache du poilu de 14-18, portait un éternel chapeau de paille à l'extérieur, un béret chez lui et n'avait que deux tenues : celle de travail et celle du dimanche. Il utilisait encore pour lire des bésicles qu'il avait dû hériter de son père. Il avait épousé la Bernadette, cousine éloignée puisqu'on pratiquait sans le savoir la consanguinité et ils avaient eu un enfant qu'ils avaient perdu juste après guerre. Il nous était impossible de savoir quelle avait été leur entente conjugale antérieure tant les relations étaient viciées par l'atmosphère de haine partagée avec la tante qui nous accueillait et on ne pouvait même pas l'imaginer car nous n'avons jamais vu de photo de la Bernadette jeune femme ou jeune mariée ni du couple à ses débuts. Elle n'avait pas d'hostilité vis-à-vis des enfants que nous étions mais il était flagrant qu'elle traitait son mari comme un serviteur, lui donnant perpétuellement des ordres et le privant de toute autonomie même financière : elle lui donnait tout juste de quoi acheter le pain ou son tabac et il devait rendre la monnaie. Il n'oserait se rebeller qu'avant d'expirer en criant « je veux divorcer » ! Bernadette donnait l'impression de vivre dans le drame, se lamentait en geignant « Que de maux, que de maux ! » mais s'acquittait de ses tâches de fermière avec devoir : elle trayait les vaches, nourrissait les poules en les appelant « petit, petit, petit » comme elle faisait rentrer les veaux en les hélant du haut du pré « Vins mon petit vévé , vins mon petit vévé ». Elle ramassait les foins avec tous. Certes elle n'avait pas la vie gaie mais elle n'égayait pas non plus celle de ses proches. On ne se posait pas la question à notre âge de l'origine de cette haine entre belles sœurs et quand on se la poserait plus tard on ne trouverait pas de réponse précise : y avait-il eu un problème au moment du partage des biens entre les enfants Gaston, Marie et

Georges ? Y avait-il eu un conflit entre le jeune ménage exploitant, spécialement la bru, et les parents exploitants retirés ? L'opposition visible des caractères n'était pas un motif suffisant car elle n'aurait donné lieu qu'à des anicroches passagères ? Qu'est-ce qui pouvait bien motiver et nourrir une aversion à perpétuité ? Ni la tante ni notre mère ni les autres parents de la génération antérieure à la nôtre n'ont voulu ou pu nous l'expliquer.

Dans ce cadre humain et matériel la visite d'arrivée n'était pas trop mal ressentie par nous parce qu'elle suivait celles des « vieux t'oncles » plus lointains de nous en esprit, que nous étions dans la maison où nous allions loger pendant un mois, que nous passerions souvent sous leurs fenêtres, que nous participerions à leurs activités rurales et puis là aussi nous savourions les tartines à la confiture locale et que dans le fond papa aimait bien l'oncle Gaston qui devait lui rappeler des figures paysannes de sa famille du Nord et dont le spectacle de sa servitude masculine le faisait vibrer.

Nous allions nous intégrer, plus ou moins, à travers ces ancêtres à la vie de ce village du val du Saugeais avec son parler, ses coutumes et ses mœurs.

Pouvait commencer notre immersion et à partir du moment où nous étions venus en voiture l'un des moyens de connaître la belle nature a été le vélo. Le lendemain de l'arrivée papa emmenait les garçons, ses filles prolongeant ainsi leur mère n'étant pas demanderesses de ce moyen, à la gare de Pontarlier chercher nos vélos qui avaient été expédiés par le train. La tante avait bien un vélo mais il datait d'avant guerre et n'était pas, avec ses grandes roues et ses filets des vélo de dame, adapté à nos promenades improvisées. On revenait de la gare à Arçon à toute allure en se prenant pour Robic ou Bobet et en toute liberté. Ce trajet se faisait en descente jusqu'au pont en bas du village puis venait la montée qui ne nous faisait pas peur et que nous avalions en danseuse. Le vélo allait nous servir tant à faire de grandes balades qu'à évoluer dans le village ou près du village. Les aînés des garçons se stimulaient l'un l'autre et s'en allaient pour des virées assez longues de 20 puis 30 kilomètres. Le vélo servait à tout et à rien : à aller dans les environs immédiats dont nous finirions par connaître tous les tenants ou simplement à tourner dans le village pour le plaisir de tourner. On avait des boucles habituelles : on allait presque tous les matins se dérouiller les jambes jusqu'à La Chaux ou Naillin, on y allait et on revenait ou on combinait les deux pour faire un circuit par le Cotay... Curieusement le vélo n'a pas été le moyen de nouer des relations avec les gosses du cru, il est vrai bien occupés aux travaux des fermes familiales, qu'on ne voyait guère à vélo à l'extérieur. Le petit cycliste était surtout un animal de trait qui attelait une charrette à son vélo et la chargeait des bidons de lait qu'il apportait le soir à la laiterie. Ce loisir n'était utilisé en tant que tel que par un adolescent un peu plus âgé que nous, grave handicapé mental et moteur qui réussissait l'exploit peu commun de descendre la côte assis sur son vélo en ne tenant le guidon que d'une main à la fois, en ne touchant pas les pédales et en lançant bras libre et jambes en l'air tout en poussant des cris inarticulés. Il était appelé : « l'homme en caoutchouc » ; on ne l'a jamais vu tomber dans son numéro d'équilibriste étonnant. Il ne tombera qu'une fois, plus tard, et ce sera la dernière, en faisant une attaque.

III

On n'avait pas dans le village de cousins ou cousines de nos âges. Les premiers contacts avec les autochtones ont été noués autour de la fontaine ou à l'église : à l'église parce qu'on servait la messe avec d'autres gosses du village, autour de la fontaine parce que les gosses des villes et ceux des champs étaient affectés à la même tâche d'approvisionner en eau leurs familles au moyen d'arrosoirs de trente litres bien lourds à porter, parce que les garçons plus âgés y menaient boire les chevaux et que les filles accompagnaient les vaches et veaux qui allaient ou revenaient des pâtures hors des jours de transhumance vers le communal. La méfiance régnait au départ et il avait fallu du temps pour que des rapports directs existent. Les jeux avaient aidé : avec des bouts de bois on avait monté de petits voiliers qu'on faisait glisser sur l'eau du bac de la fontaine. La curiosité avait attiré certains gosses du village et on les avait invités à jouer. Les complexes avait été surmontés quand le fils du menuisier était venu avec un bateau improvisé par son père et bien plus beau que les nôtres ; on avait dû en convenir en adoptant leur langage :
–- Oh le Jean ! ton voilier est bien mieux beau!

Le lendemain le Jean était venu avec sa cousine Agnès, la fille aînée des fermiers de la ferme située de l'autre côté de la grande rue en face de la grange de l'oncle Gaston. Elle était arrivée en mâchonnant l'ourlet de sa robe, toute mignonne, petite brunette avec ses cheveux en bouclettes,

pas plus intimidée que ça. Pierre l'avait accueillie le plus naturellement du monde et l'avait invitée à participer à nos jeux :
— viens, on va avoir le même bateau ; tu vas me guider. Je suis Pierre et ce sera l'Agnès ; on va faire de belles traversées !
— je veux bien, beau « seigne » répondit-elle mais je ne peux m'absenter pour faire le tour du monde ! Et j'amènerai d'autres passagers.
Le Jean et l'Agnès peu à peu furent suivis par leur frère ou sœur puis par un cousin et il en fut de même pour Pierre. Se constituait une petite société mais les relations ne furent vraiment simples qu'entre Agnès et Pierre, l'attraction réciproque faisant surmonter les différences que les autres ressentaient inconsciemment, un enfant de 10-12 ans du village étant déjà orienté vers le travail de la ferme, un enfant de la ville n'étant préoccupé que de son travail scolaire.

Ce furent les travaux ruraux qui favorisèrent le plus les relations. Comme nous allions à Arçon en juillet-août papa et nous, ses garçons, participions aux foins de l'oncle Gaston : il fauchait à la main la « route » en périphérie de parcelle à moissonner puis avec sa faucheuse, deux lames à dents qui coulissaient l'une sur l'autre, tractée par Mousse fauchait toute la parcelle. Il fallait ensuite ratisser, et c'est là que nous intervenions avec râteaux et fourches, pour former des tas, des « chirons » (il disait qu'on chironnait) sous la direction de la Bernadette, qui seraient ensuite hissés à la fourche à la force des bras dans le chariot jusqu'à 2 à 3 mètres de hauteur. C'était un travail bien fatigant pour des gamins qu'il fallait faire le plus vite possible parce qu'il dépendait entièrement de la météo, le foin ne pouvant être engrangé mouillé ; la fatigue était oubliée quand le chariot était chargé parce que la récompense était de pouvoir monter par l'échelle de devant ou quand on en était devenu capable en escaladant à l'arrière à la force des bras sur le foin par la corde qui tendait le bras en sapin tassant le foin. C'était un plaisir de voir le dos de Mousse et notamment le cône en cuir de la têtière du collier qui inclinait à droite ou à gauche plus ou moins vite selon que le cheval galopait ou marchait. Quand on passait l'allée des tilleuls on était peigné par les feuilles des arbres avant de déboucher sur la place de la fontaine aussi fiers que des empereurs romains. Le vrai jeu du cirque était vécu quand le cheval et le chariot montaient la grande rue, faisaient demi-tour et accéléraient pour arriver à monter la rampe extérieure puis intérieure de la grange, en pente assez sèche puisqu'il s'agissait de monter le chariot au niveau du premier étage de la maison comtoise : il fallait que Mousse donne en fin de montée de sacrés coups de rein pour faire franchir à la cargaison la fin de pente en troncs de sapin collés horizontalement l'un à l'autre mais il était habitué et saluait son succès par une grande expiration en faisant vibrer ses lèvres en pffle-ffle-ffle. L'oncle Gaston lui enlevait son harnachement et l'emmenait en le tenant par la bride boire à la fontaine puis le rentrait à l'écurie avant de nous rejoindre, papa et nous pour terminer de décharger le chariot dans la grange et prendre avec papa le relais des gosses quand le foin engrangé atteignait une certaine hauteur. Le chariot vidé l'oncle Gaston le descendait en agrippant les bras du timon après avoir serré les freins pour le sortir ; une fois descendu on le poussait à son lieu de stationnement. Comment n'y a-t-il jamais eu d'accident lors de cette folle descente ? Comment l'oncle Gaston n'a-t-il jamais dérapé et ne s'est-il jamais fracassé des côtes ?

Ce type de retour de fenaison était habituel même s'il était moins poétique pour les retours d'agriculteurs qui commençaient à être mieux équipés : c'était le cas du père d'Agnès qui rentrait son foin avec un chariot tiré par un tracteur, un des premiers du village. Cette modernité n'enlevait rien à la beauté du spectacle que Pierre quelques années plus tard contemplait avec attention : Agnès assise dans le foin en haut du chariot avec ses anglaises dépassant de son chapeau et sa robe étalée sous elle souriant en saluant Pierre de haut et en lui envoyant en douce un baiser. Quelle douceur, quelle majesté et en même temps quelle simplicité ! Cette image Pierre allait la graver dans sa mémoire comme un symbole de bonheur champêtre, comme une vision analogue à celle de la peinture de la jeune fille de Monet au milieu des coquelicots, comme un éblouissement de jeunesse. Le lendemain la coquine sûre de son effet l'avait interrogé :
--- Tu m'as vue en haut du foin ? Moi je t'ai vu de loin et j'étais contente.
--- Je t'ai vue arriver de loin et que tu étais belle ! J'aurais aimé être à côté de toi.
--- Mais tu l'es à côté de moi et j'aime bien être là et je te saluerai à nouveau. Tiens, tu as mérité un petit bisou.
Et ils s'embrassèrent, pudiquement, sur les joues, pour la première fois.

Il n'y avait pas que le foin à ramasser et à rentrer : il y avait aussi le troupeau des vaches du village à emmener au communal, à quelques kilomètres du centre. Le troupeau était emmené par un berger recruté pour la saison par le maire, en fait un jeune un peu plus âgé que les autres qui avait un chien éduqué pour la garde, et par un ou deux jeunes qui l'assistaient à tour de rôle. Pierre avait été autorisé par son père à faire la conduite et l'oncle Gaston avait prêté son fouet dont la lanière de cuir fixée sur une belle tige de noisetier était divisée à son extrémité. Pierre s'était entraîné au maniement du fouet y compris sur des arbres, savait le faire claquer, ce qui était plus important pour guider les vaches que les coups : il se sentait dans ses quatorze ans une âme de Mercure, le dieu berger. Il était donc parti un beau jour à six heures du matin rejoindre le berger en haut du village ; les vaches qui sortaient de la traite du matin connaissaient par cœur le parcours, sortaient une à une des étables et se regroupaient au fur et à mesure de la descente jusqu'à la sortie du village. Les cent à cent vingt vaches montaient ensuite au communal où elles paîtraient toute la journée. Le rôle des conducteurs était d'empêcher la dispersion d'une vache éprise tout d'un coup de solitude ou distraite : le chien y suffisait la plupart du temps mais quand une vache se montrait rétive le gamin ou le berger devaient lui courir après, la devancer et la ramener dans le troupeau. Une fois sur le pré communal les vaches broutaient paisiblement pendant les sept ou huit heures de la sortie avant de rentrer à partir de quinze heures pour la traite du soir. Quand le soleil était là la journée ne paraissait pas longue : on prenait le casse-croûte en arrivant au communal et à midi. Le berger racontait volontiers à Pierre son expérience et surtout ses aventures amoureuses. Il n'était pas méridional mais il était un peu vantard et voulait impressionner son jeune aide du jour : à l'en croire il avait été irrésistible pour bien des petites paysannes et n'hésitait pas faire des récits salaces de ses prétendus exploits. Pierre qui n'avait pas d'expérience de la chose écoutait d'un air indifférent mais quand même intéressé même s'il avait du mal à se représenter ce brave berger qui portait l'odeur du troupeau en séducteur dans les bras et encore plus, il ne le pensait pas encore, entre les cuisses d'une fermière. La vue de son père qui entamait par là, par hasard, sa promenade d'après sieste l'avait ramené à la réalité de son état de préadolescent ; le soir il était rentré tout fier d'avoir rempli sa mission et plus tard gorgé de grand air pur avait terminé sa journée dans un sommeil de plomb.

Agnès l'aurait bien accompagné, la marche ne lui faisait pas peur mais il n'était pas d'usage que les filles conduisent le troupeau et encore moins accompagnent un berger dont la moralité et la bonne conduite n'étaient pas un critère de recrutement. Elle avait bien vu Pierre rentrer car elle surveillait la rentrée des vaches de la maison à l'entrée de l'étable où elle devrait assister sa mère pour la traite du soir. Ils s'étaient souri et Pierre sous prétexte de se détendre était allé attendre sur le petit mur devant la laiterie qu'elle vienne apporter son lait avec sa charrette.
—- As-tu passé une bonne journée ?
—- Que oui et je t'ai ramené toutes tes vaches !
—- Demain tu n'y vas pas et on pourrait se retrouver pour un petit tour avec les autres...
—- D'accord, demain matin à la fontaine.

Le lendemain Agnès avait guetté la fin du service de l'eau et avait rejoint avec sa plus jeune sœur Pierre et les siens. Ils avaient décidé une partie de colin-maillard dans l'allée des tilleuls. Pierre les yeux bandés avait tellement envie de l'attraper cette Agnès qu'il n'avait pas pris le temps d'assurer ses pas et s'était affalé au pied d'un tilleul, ce qui provoqua un fou rire général ; il avait repris la

poursuite et bras tendus en se retournant brusquement avait saisi la jupe d'Agnès qui le suivait. Ses mains tâtonnèrent, fourragèrent dans les anglaises de la longue chevelure, glissèrent sur la poitrine et emprisonnèrent les épaules.
—- C'est Agnès !
—- Un gage, un gage, criaient les autres
—- J'sais pas, j'sais pas
Pierre l'embrassa fortement sur les joues
—- Le v'la mon gage !
—- Ah non c'est moi qui dis, j'en veux un autre.
Pierre s'exécuta à leur grande satisfaction et dans la joie collective.
-Et si on allait demain au pont des oies ?
Ils furent tous d'accord car il faisait très chaud.
-Rendez-vous à deux heures.

Le pont des oies avait été construit sur une anse du Doubs qui ondulait sous un bois en forte pente pour faire franchir la rivière au train Pontarlier-Morteau. On aimait aller y jouer à se faire peur en se promenant sur le tablier et en faisant croire aux petits qu'on entendait le train arriver ; on aimait aussi aller s'y rafraîchir à l'ombre du bois, au bord de l'eau quand il faisait très chaud. On y faisait trempette et comme on ne savait encore pas nager il était interdit par les parents d'aller au-delà de l'îlot du milieu de la rivière car on nous avait dit qu'il y avait des tourbillons créés par ces trous profonds et que le mouvement de l'eau pouvait nous y emporter sans espoir de salut ! La petite troupe était donc partie, chapeaux ou casquette sur la tête par l'allée des tilleuls, avait tourné à gauche au cimetière, parlé en le longeant de la tombe du seul soldat allemand enterré dans le coin de ce cimetière parce que prisonnier après guerre et

non reparti dans son pays, tourné à droite en crêt de val vers les sablières puis était descendue par le chemin puis à travers champs vers la voie de chemin de fer avant de descendre jusqu'à la rivière. On s'était baignés dans le premier bras du Doubs. Pierre avait en portant des grosses pierres et ne les plaçant dans l'eau profonde de quelques cinquante centimètres essayé d'aménager une voie de traverse jusqu'à l'îlot central qu'Agnès avait voulu utiliser pas à pas mais après quatre enjambées elle avait glissé et était tombée dans l'eau. Pierre s'était précipité et lui avait agrippé le bras pour la sortir de là. Le fou rire était général mais Agnès était toute mouillée. On avait décidé de mettre tout nus ou presque pour se sécher. Pendant que les autres retournaient dans l'eau en slip, Agnès avait étalé sa robe au soleil et était moins gênée que Pierre assis à côté d'elle à contempler la première poussée de ses petits seins et sa petite culotte à fleurs. Ils avaient bien discuté :
—- Que tu es belle avec ton chapeau et tes frisettes ! Moi, je me mettrais bien tout nu pour profiter plus du soleil.
—- Oh seigneur, on peut tenir à la chaleur comme ça ; on peut se donner de petits baisers pour montrer qu'on est contents, non ? D'accord ?
—- D'accord.
La robe ayant séché les deux jouvenceaux étaient remontés en se tenant la main au milieu de la petite troupe et on était rentrés sagement.

Les rencontres étaient devenues plus fréquentes et il n'était pas rare qu'Agnès vienne attendre près de chez la tante le soir que Pierre aille à la fontaine pour la dernière corvée d'eau. Elle l'accompagnait et ils se faisaient un ultime petit baiser avant la nuit.

Le temps passait et on arrivait au 15 août. Ce qui restait d'une religion encore très prégnante se traduisait par une sorte de fête du village à laquelle tous participaient et donc se préparaient. La tradition voulait que le repas de la famille soit pris chez Gaston et Bernadette seule occasion où depuis des lustres la Bernadette et la Marie mangeaient à la même table. L'oncle Gaston passait donc la veille dans son potager pour cueillir les légumes et tuait un ou deux lapins que nous le regardions dépiauter pendu par deux pattes aux portes de la remise entrouvertes. Il allait aussi aux champignons, seul parce qu'il savait seul les reconnaître et où les trouver, pour les agrémenter. Nous accompagnions le matin papa qui offrait la boisson chez le marchand de vin et revenions avec un petit tonneau dans la voiture. Nous allions ensuite à l'église pour recevoir les instructions du curé pour la messe car le 15 août c'était outre le repas la réunion à l'église et la procession au Cotay où une statue de la vierge était érigée dans un charmant petit rectangle entouré de sapins. Papa passait l'après-midi à remettre en route l'antique voiture du curé qui ne roulait que ce jour là et ne servait qu'à le ramener du Cotay, ce qu'il ne voulait pas faire pour une raison mystérieuse dans une autre voiture. Pendant ce temps la chorale des jeunes ou moins jeunes vieilles filles du village répétait les chants religieux avec une conviction qui excusait toutes les fausses notes.

Le 15 août à 9h30 les cloches de l'église au si beau clocher appelaient le peuple de Dieu à la prière et les dames s'habillaient et se préparaient, les plus âgées toutes de noir vêtues, toutes coiffées d'un chapeau à voilette tout aussi noir sans doute pour faire le deuil de leur vertu écornée d'une façon ou d'une autre : c'est le seul jour où nous voyions maman ainsi chapeautée, ce qui ne la rendait pas pour nous moins belle. La foule montante ou descendante arrivait par tous les moyens à l'église, le plus grand nombre à pied mais d'autres plus éloignés comme « La pipe » ou le René en triporteur avec leur femme assise dans le bac, d'autres en voiture à cheval, d'autres en tracteur, deux ou trois riches en voiture. A l'église les paroissiens se plaçaient femmes à gauche et hommes à droite : elles gardaient leurs chapeaux et ils enlevaient leur béret en passant la porte du vaisseau. Dans la république du Saugeais il n'y avait pas de place marquée à l'église, on se contentait des habitudes pour trouver sa rangée. Agnès regardait avec attention Pierre qui dans sa robe rouge avec surplis blanc était chargé des plateaux pour la distribution du pain découpé en carrés et bien sûr pour la quête. Les femmes entraînées par la chorale des vieilles filles chantaient à tue-tête, les hommes se taisaient quand ils ne murmuraient pas entre eux. Si le graduel « *Audi filia et vide...* » avait été en français Pierre aurait pu le dire : « Écoute ma fille et vois… la fille du roi entre resplendissante». Le curé ne s'attardait pas dans son sermon au bonheur de savoir la vierge sans tache montée au ciel ; plus direct il menaçait de damnation celles qui tentaient le diable et ceux qui se laissaient tenter en y mêlant ceux qui ne venaient pas à la messe et celles qui ne se couvraient pas devant le seigneur ; il gommait la gloire de la vierge immaculée pour ne dire que le châtiment encouru en cas de faute. Il résumait l'assomption de la vierge à ce qui l'avait précédée, à l'inimitié entre l'homme et la femme qui l'avait fait damner et leurs semences (*semen tuum et semen illius*), leurs descendances. Après avoir fait frémir la salle de peur de l'enfer il retournait siéger près de l'autel tandis que Pierre et ses acolytes faisaient la quête. Dès qu'ils avaient déposé leur pièce dans la corbeille les hommes sortaient discrètement pour aller attendre la suite au café de Tunat en passant par la pissotière qui n'était pas contre l'église mais dans la cour de l'école, en fait un demi-mur d'ardoise au fond de la cour de récréation qui restait ouverte pour la nécessité : au moins à Arçon on n'avait pas mis la pissotière à côté de la cathédrale ! Quand le curé avait prononcé « *Ite missa est* », on ne se le faisait pas dire deux fois et l'église se vidait. Après la messe restaient quatre heures à consacrer aux agapes. La famille de Pierre se retrouvait donc chez Gaston et la Bernadette et le vacher de l'assistance où la table était dressée dans la cuisine : il faisait sombre, il y avait des mouches mais pour une fois on ne ressentait pas trop l'inimitié entre belles sœurs. La Bernadette se surpassait ce jour-là, on se régalait et repus à 14h45 on partait se regrouper devant l'église. Le curé en chasuble était devancé par trois enfants de chœur dont le porte-croix et le cortège se formait à sa suite pour marcher pendant deux kilomètres pour rejoindre le Cotay ; comme l'*Ave maris stella* trop long n'était pas connu on chantait aussi fort que l'on pouvait comme à Lourdes tout du long des *Ave Maria* ; en général il faisait beau et c'était agréable, d'autant plus pour Pierre qu'il n'était plus de service d'office et pouvait faire le trajet avec Agnès. Papa ramenait le curé à la cure avec la Celta quatre qui avait fait sa sortie annuelle et l'on rentrait à pied tranquillement.

Mais l'heure de la séparation approchait car il était tout aussi traditionnel que la famille reparte dans le Nord les jours suivants. Ce soir-là Pierre et Agnès, au fur et à mesure de leur vieillissement, avaient du mal à retrouver leur jubilation et sentaient comme un chagrin de la séparation à venir mais ils se promettaient de rester « bien mieux » copains dès les retrouvailles de l'an prochain. Auparavant sans doute fallait-il effacer les traces du passage de la tribu : c'était la grande lessive des draps et des torchons, une véritable tâche à la Gervaise. À l'époque le lavage se faisait à main avec du savon ; il fallait chauffer en continu sur la cuisinière des lessiveuses d'eau, y faire tremper le linge. Tout était descendu devant l'entrée de l'escalier et les femmes battaient le linge pour en chasser la saleté sur une planche striée avant de rincer dans une autre bassine. Les hommes assuraient le transport des lessiveuses et l'amenée de l'eau ; le linge séchait ensuite sur l'herbe. Quand la grande lessive était terminée et l'essentiel du repassage fait sur la table de la cuisine recouverte d'une couverture, la tante se chargeant du reste pendant ses jours de solitude, le jour de départ était fixé. Le report des vélos au train à Pontarlier rendait sensible la séparation. Papa et les enfants n'étaient pas mécontents de repartir chez eux à l'exception de Pierre qui était plus partagé : il ne pouvait dire « adieu » à Agnès que la veille du voyage car le départ fixé à six heures le lendemain serait le moment des pleurs que maman et la tante ne pourraient retenir malgré les regards des voisins. Il fallait avoir fait trente kilomètres ou avoir passé une petite heure pour que les sources se tarissent.

Chacun retournait à ses occupations pour un an.

IV

En juillet de l'année suivante le même rituel était décliné : même guet à l'arrivée de la voiture, mêmes embrassades, même débarquement, mêmes visites et puis surtout mêmes jeux d'enfants, de préadolescents. A la première corvée d'eau Agnès était sortie de chez elle, sûre de son petit effet, grand sourire aux lèvres, se déhanchant légèrement sans avoir besoin de se cambrer pour tendre légèrement son corsage. Pierre estomaqué en avait dû poser son arrosoir sur la margelle de la fontaine.
–- Que tu as changé, que tu as grandi, que tu es belle !
–- Tu trouves ? Mais je suis la même! Et je suis contente de te retrouver.
–- Moi aussi, comment veux-tu que je t'oublie ! J'ai seize ans mais j'ai de la mémoire. On fait comme l'an dernier ? On se revoit vite pour se raconter ? Il faut que j'aille porter l'eau. Vivement qu'il y ait l'eau au robinet !
–- Oh oui à tout à l'heure dès que j'ai fini les épluchures !

Ils se retrouvèrent allée des tilleuls puis derrière le presbytère d'où ils n'étaient pas vus. Et ils se racontèrent leur année, Agnès son passage en seconde, son projet de se présenter au concours de l'école normale et Pierre son passage en première et son projet de faire médecine si ses résultats étaient bons. Ils firent chacun en paroles le tour de leur famille dans lesquelles ils disaient évoluer avec bonheur.
–- Et t'as des copines ?
–- Des copains, oui mais pas des copines, d'ailleurs je suis

en collège privé et il n'y a pas de filles, il faut travailler et quand je ne travaille pas, je joue avec mes frères et quelques copains : foot et vélo. Et puis j'ai deux sœurs aînées qui m'occupent plus qu'il ne faut parfois. Je m'entends bien avec elles mais elles sont parfois chiantes et quand elles ne travaillent pas, elles se chamaillent. Et toi t'as des copains ?

— Je suis comme toi, j'ai des copines de collège mais je ne les vois qu'au collège, j'ai aussi du travail et en plus quand je suis à la maison je dois aider à la ferme.

— Et au village tu ne vas jamais au bal ? Avec qui tu danses ?

— Il y a bien des gars qui me regardent mais je m'en fous. Il n'y a qu'avec toi que j'aimerais danser.

— Mais je ne sais pas danser !

— Qu'est-ce que ça fait ? On apprendrait ensemble. Tu veux qu'on essaie ?

— Il n'y a pas de musique et si on nous voit on va se demander ce qu'on fait !

La cloche toute proche les fit sursauter et ils obéirent au rappel de l'angelus.

L'hiver de la tante avait été rude, il avait fait très froid : elle avait peiné physiquement à faire souvent son « chemin » à la pelle dans la neige qui s'était accumulée sur un mètre et surtout elle avait consommé toutes ses réserves de bois en chauffage. Elle avait donc fait abattre des sapins dans son bois : les plus belles grumes étaient allées à la scierie et avaient été déversées en bas de l'escalier les troncs non transformables débités en cylindres de cinquante centimètres de haut. Avec l'oncle Gaston et « Mousse » on était allé ramasser les déchets dans le bois de la tante : c'était une belle balade assis sur les grumes supérieures du « V » du chariot à contempler le village dans la descente vers le Doubs, à traverser le fleuve sur le pont et à remonter l'autre versant en voyant les efforts que Mousse dont le dos commençait à perler et à se couvrir d'écume devait faire dans la pente. On jouait à sauter sur les troncs entreposés à la lisière de la forêt en attente d'être emportés. Puis c'était la montée dans cette magnifique forêt de sapins au fond bleuté ; le soleil filtrait en rais obliques jaunes ; l'odeur des sapins était enchanteresse avec un avant-goût de liqueur et son arrière-goût de résine. On ne se privait pas de consommer les fraises des bois qu'on trouvait au bord du chemin après être descendus du chariot, on n'avait pas encore peur de l'échinococcose du renard. Arrivés au bois de l'oncle et au bois contigu de la tante il fallait entasser les branches cassées et les ébarbures laissées au sol par les bûcherons. Le chariot plein on marchait ou on s'asseyait sur le tas de bois si on pouvait se faire un siège qui soit en équilibre et on ramenait tout devant la maison comtoise. Il fallait maintenant tout conditionner avant de tout rentrer pour l'hiver suivant et on avait convenu de se partager la tâche entre hommes.

Le travail consistait à fendre les cylindres en tapant sur des coins et à débiter à la hache les prismes pour qu'ils puissent entrer dans la cuisinière, à faire du petit bois à partir des ébarbures et des déchets ramassés dans le bois, à élever un mur de prismes dans la petite remise. Papa se chargeait de casser les fûts et Pierre et son aîné de scinder les prismes et faire le petit bois à grands coups de hache : torses nus ils se faisaient les « biscottos » en plantant la hache dans un prisme en élevant prisme et hache plantée au dessus de leur tête et en tapant l'ensemble sur un tronc cylindrique qui servait d'enclume et s'enfonçait sous les coups de boutoir dans la terre jusqu'à ne plus bouger. Les muscles des bras se fatiguaient, les dos s'éreintaient, les mains enflaient jusqu'à former des cloques à la base des doigts qui obligeaient à suspendre le travail le temps de se faire panser ou pire à l'arrêter. On y passait toutes les matinées pendant une semaine ; Agnès avait toute occasion de passer comme par hasard dans la ruelle et de s'arrêter pour admirer la musculature naissante des bûcherons d'occasion, surtout de celui auquel son regard s'attachait et de savourer l'atmosphère joyeuse dans laquelle le travail était fait. L'après midi était consacrée à la détente et au tourisme : vélo parfois jusqu'à la source de la Loue avec retour en montée que Pierre transformait pour lui-même en triomphe, sortie familiale au saut du Doubs, au château de Joux ou au lac de Saint Point encore qu'à louer une barque les doigts souffraient maintenant à ramer.

Puis venait le temps de la fenaison inévitable, le râteau et la fourche remplaçaient la hache, les chirons le billot, le foin le petit bois. Là encore si le temps était clément la peine était facilement consentie dans cette vie de nature. L'expérience acquise rendait le travail plus facile, l'ambiance d'autant plus légère ; un soir que le ramassage avait été fini plus tôt Pierre s'était attardé à regarder avec attention Agnès qui œuvrait pour ses parents dans le champ voisin. Il retrouva le sourire de la jeune fille : le geste de ses bras faisait coller les vêtements et mettait en valeur la ligne de son corps de fille aussi solide qu'élégante avec ses cheveux sur les épaules qui balançaient au rythme de la fourche, de belle campagnarde toute simple alliant force et grâce ; sous des atours de

travailleuse qu'elle était jolie ! il en fut tout remué. Les voisins le voyant devenu inactif le hélèrent :
–- Viens « don » nous aider à finir ; « quand tout le monde s'aide personne ne se crève » lui dit la mère d'Agnès.

Le char à foin chargé le père d'Agnès emmena la cargaison avec son tracteur sur lequel sa mère prit place à côté de son père. Cette fois elle ne monta pas sur le foin, laissa sa place à sa sœur et prit Pierre par la main pour rentrer à pied ; leurs corps se rapprochèrent, elle se laissa faire quand il la saisit par la taille, laissa son corps onduler et se coller à lui malgré la sueur qui leur coulait dans le dos ; elle le regardait comme si elle s'ouvrait au jour et il plongeait dans son regard au point d'en perdre l'équilibre. Ils se cachèrent derrière un tilleul et vécurent leur premier vrai baiser, leurs langues pénétrant tour à tour leur bouche et tournoyant à faire de leurs salives mêlées des œufs en neige. Un vertige les saisit et ils tombèrent assis par terre dans un ravissement extatique, se jetant des regards éperdus qui tricotaient les filets de capture du bonheur. Elle portait sur ses joues les traces de son feu intérieur mais en redressant ses cheveux bousculés en se frottant le front elle revint à la réalité et à son devoir d'aller aider au déchargement du foin :
–- Quel bonheur tu me donnes ! Je vais aider et j'y penserai toute la soirée ! Je suis pleine de joie.
–- Je suis tout chamboulé ; heureux aussi et je penserai comme toi !
–- Pourquoi t'es rouge comme ça ? Lui demanda sa mère ?
–- J'ai couru pour vous rattraper !
–- T'as dû prendre un détour si t'as couru et t'as mis le temps ! Allez au boulot !

Les adieux d'après 15 août avaient eu un goût amer même s'ils avaient conscience de la nécessité de se séparer. Les retrouvailles de l'année suivante avaient été pimentées pour la première fois de désir et d'attrait physique s'ajoutant à la joie de se retrouver pour les vacances. Il leur avait fallu un jour de carence imposé par la pudeur pour revivre des embrassades dont ils essayaient de contenir l'impétuosité. Pierre avait fait un camp de vacances avec des délinquants et Agnès avait bien travaillé à la ferme. Ils avaient le besoin et la volonté de vivre à fond leurs vacances et tout à leur joie se retrouvaient vite pour des privautés derrière le presbytère ou dans la nature. Le contact buccal savouré titillait leurs élans juvéniles et suscitait d'autres besoins. Se noyer dans le regard de l'autre entraînait une détente qui incitait à d'autres gestes plus osés : la main de Pierre passait des boucles de cheveux d'Agnès à son dos et à ses fesses et elle se laissait aller à le serrer de plus près, à coller son corps sur le sien, à écraser ses seins aussi impatients qu'impertinents sur son torse réceptif. S'ils ne se faisaient pas de projets d'avenir la douceur de ce contact leur devenait nécessaire. Évidemment Pierre était moins présent à la famille et participait moins aux activités et jeux familiaux ou de ses frère et sœurs : écouter la famille augmentée de la marie B chanter en chœur des chansons du passé ne valait pas un baiser d'Agnès. La famille de celle-ci avait dû la rappeler à sa participation à leurs travaux. Leur amourette commençait à susciter des interrogations. La tante qui avait été si frustrée d'amour du fait de la tuerie en 14-18 des mâles de sa génération, qui avait un caractère gai et un peu frondeur, qui gardait un côté fleur bleue de midinette disait bien aux parents qu'il n'y avait pas de quoi fouetter

un chat, qu'il fallait bien que jeunesse se passe, que cette petite Agnès était bien mignonne et que de toute façon ceux qui s'assiéraient sur le feu seraient ceux qui se brûleraient les fesses. Maman ne savait pas trop ce qu'elle devait dire, elle espérait sans oser le croire que son garçon serait réservé comme elle en la matière et n'irait pas trop loin en même temps qu'elle était émue de leur aventure. Papa craignait lui que le romantisme ne soit exacerbé et balayé par l'attrait tant l'exigence sexuelle pouvait être insurmontable. Pierre ne disait à son frère, qui s'instruisait un peu par lui et cherchait à savoir jusqu'où il allait, que la naissance d'une conquête en se donnant l'apparence d'une maîtrise et en exigeant le secret, ne disait rien à ses sœurs qui le regardaient d'un œil goguenard en attendant qu'il se casse la figure. Lors d'une promenade à pied papa avait appelé Pierre au calme sans pouvoir être trop précis sur ses craintes, avait cru lui apprendre qu'on pouvait être victime d'une illusion qui coûte le bonheur de demain. Quand Pierre avait eu la légèreté de croire pouvoir profiter de l'exemple de son vécu et lui avait demandé s'il avait eu une relation autre que d'amitié avec une amie autrefois, papa avait trouvé qu'il était bien temps de passer acheter du comté à la fruitière et de rentrer. Il n'y avait pas d'interdiction mais Pierre avait admis en en discutant avec son frère qu'il y avait au moins une exigence de discrétion. Il l'avait dit à Agnès qui avait eu des observations du même type de sa mère et avait conclu :
–- De toute façon on n'a rien fait de mal et tant qu'on s'aime on ne fait rien de mal. On sera sages. A demain.
Ils s'embrassèrent gentiment.

L'été s'était poursuivi dans le bonheur et la joie. Le temps avait été souvent beau et si la pluie était toujours trop fréquente ils se retrouvaient dans la cour de l'école, sous le préau, l'instituteur et sa femme étant partis dans leurs familles. Leur plaisir d'être ensemble ne faiblissait pas et les corvées à faire ne sapaient pas leur quotidien : elles ne rendaient que plus exigeante la hâte de se retrouver.

Les meilleures choses ont une fin. Ils savaient qu'il faudrait inévitablement se séparer. N'empêche que le moment redouté venu, Agnès avait senti la tristesse s'avancer vers elle. Elle avait étreint Pierre avec une certaine violence quand leurs lèvres s'étaient posées les unes sur les autres et que celles de Pierre étaient remontées sur sa peau de son cou au lobe des ses oreilles. Elle lui avait pris la tête dans ses mains et lui avait demandé :
—- Cette joie, ce plaisir, on les connaîtra encore ? On les poursuivra ? On les augmentera ?
—- C'est tout ce que je veux et vivement l'année prochaine puisqu'on ne peut rester ensemble toute l'année.

Ils s'embrassèrent encore intensément et se séparèrent sur un sourire mouillé d'une larme au coin de leur œil.

V

Les retrouvailles avaient eu lieu mi-juillet. Tout le village et tous les vacanciers avaient chanté la Marseillaise au pied de la statue de poilu qui constituait le monument aux morts. Agnès et Pierre côte à côte auraient bien chanté « Que je t'aime, que je t'aime ! » et s'étaient contentés de le penser.

Il n'avait pas fallu une journée pour qu'ils retrouvent leurs habitudes et se retrouvent tels qu'ils s'étaient laissés quelques mois auparavant. Elle était de plus en plus femme, restait tout aussi féminine, fraîche et alerte, avec son corps maintenant bien formé et toujours souple et élégant, véritablement magnétique pour Pierre. Lui s'était affermi physiquement mais sa force ne l'avait pas fait s'épaissir ; il était plus viril mais il soignait avec l'attention qu'il fallait son apparence, on ne disait pas encore son look ! Leur naturel rendait leur couple sympathique aux adultes et rappelait à ceux-ci leurs bons moments passés s'ils en avaient eus.

Pierre était trop grand pour se voir imposer encore les visites aux vieux t'oncles. Il partageait donc son temps entre ses sorties avec la belle Agnès et celles faites avec ses frères et sœurs. Celles-ci, leurs âges avançant, étaient constituées de courses à vélo ou de balades à pied de plus en plus longues ; ils partaient toute l'après-midi, quelquefois la journée en emportant le casse-croûte et maintenant par tous les temps. Pierre avait autant de plaisir

à tenir de grandes conversations avec eux, plaisir accru quand papa les accompagnait, qu'à être bientôt avec Agnès. Fier de sa culture acquise en terminale, il aimait citer Descartes qu'il venait d'étudier : « Les passions sont toutes bonnes de leur nature et nous n'avons à éviter que leurs excès ». Quand il disait ça à Agnès elle se montrait plus prudente et répliquait :
–- Nous ne pouvons qu'essayer d'éviter leurs excès. Faire ce qu'on peut quand on est touché, c'est ça être adulte !
–- Quelle sagesse ! je ne te savais pas si femme mûre.

Agnès et Pierre devraient bientôt apprendre que de l'échauffement des sens à l'excès de passion le chemin était plus court qu'ils ne le croyaient. Pour l'instant, gais et joyeux, sans soucis ils se joignaient aux autres sans problème. Une grande sortie familiale avait été prévue : il s'agissait d'aller aux Alliés, le village situé de l'autre côté de la montagne située sur la rive droite du Doubs et d'en revenir, soit une bonne dizaine de kilomètres. Papa ayant accepté qu'Agnès nous accompagne avait emmené ses deux filles, Agnès et ses quatre garçons. Il faisait bien chaud et nous étions équipés en conséquence : vêtements légers, bonnes chaussures et sac à dos avec le repas de midi et surtout la boisson, les filles en robes larges, les garçons en shorts. C'était une belle équipe pour une belle équipée, très détendue au départ qui traversait le Doubs sur le pont de la scierie avec de grands rires, qui saluait au passage les tenanciers de l'hôtel Marguet puis s'engageait vers la forêt. Pierre essayait d'impressionner sa copine en escaladant à l'orée du bois les grumes mais Agnès était aussi agile que lui. On buvait un coup et on s'engageait sur le chemin forestier. On n'avait plus l'oncle Gaston et Mousse pour nous guider jusqu'au bois de la tante mais papa connaissait bien le chemin jusque là. Après trois lacets de montée on prenait le chemin presque horizontal qui était à mi-hauteur du Doubs à gauche et de la ligne de crête à droite qui menait à Hauterive, ce pendant environ deux kilomètres puis c'est là qu'il ne fallait pas se tromper sinon on risquait de rallonger sérieusement par Hauterive ; il fallait deviner sur la droite un groupe de trois granges, aller devant elles et le chemin cessant, monter à l'Est à travers bois puis une grande clairière jusqu'à atteindre une grande ferme comtoise, qui n'était pas biblique mais appartenait à un monsieur Moïse, et continuer vers La Chevrette avant de descendre vers le village des Alliés. Si on ne se trompait pas de chemin c'était bucolique à souhait et propice à la causerie. Papa nous évoquait les romantiques allemands qu'il appréciait depuis son séjour linguistique en Autriche à Innsbruck, juste avant guerre, nous instruisait en parlant de Goethe, du *Sturm und drang*, de Beethoven, son autre passion et de sa pastorale du goût des Allemands pour la nature. On buvait du petit lait en l'écoutant et on était particulièrement intéressés quand il narrait sa traversée en train de l'Allemagne nazifiée où il avait assisté terrifié à la harangue de Hitler à Nuremberg. Agnès trouvait que c'était bien mieux expliqué qu'au lycée et les garçons faisaient les cons en gueulant des *Heil* (sans Hitler car on ne savait pas qui on pouvait rencontrer) ou en marchant au pas en chantant « *Auf der heide Blut eine kleines Blumelein Und das heist Erika* » comme Pierre qui avait fait de l'allemand. Agnès nous racontait avec son délicieux accent que ses parents se rendaient autrefois par ce chemin qu'ils poursuivaient après Les Alliés jusqu'en Suisse où ils avaient des cousins pour se ravitailler en produits qui n'existaient plus en France, encore que les Allemands n'avaient jamais pénétré dans le village qui n'avait connu qu'un prisonnier après guerre. On descendait la rue Isabelle de Neufchâtel, la rue descendante qui menait à la mairie et à l'église qui était singulière en ce qu'elle n'avait pas de clocher comtois mais la flèche pointue de n'importe quel village de campagne et on rentrait dans la salle de restaurant occasionnel encore tenu par une veuve que papa connaissait depuis ses balades solitaires de jeune marié et qu'il avait prévenue on ne savait comment. Le repas, des roestli notamment, consommé avec gourmandise d'autant que la marche avait creusé les estomacs, était l'occasion d'un petit cours d'histoire. On apprenait que le village avait été créé par la sire de Joux qui avait fait appel à des Allemands au XIVe siècle et les y avait « habergés » sur cette terre qui appartenait à l'abbaye de Montbenoît, qu'il avait fallu qu'ils fassent un procès à l'abbé pour que certaines familles dont les Dornier et les Febvre soient affranchies de la mainmorte et donc, ce qui était plus compréhensible pour nous, puissent faire hériter leurs enfants, que la rue s'appelait Isabelle de Neufchâtel parce qu'elle avait accordé aux habitants de La Fresse début XIVe siècle le droit de pâture contre redevance annuelle de « trois quartiers de fromage ». Agnès nous situait les Dornier et les Febvre qui habitaient encore Arçon et qui étaient les parents des anciens affranchis des Alliés alors appelés Les Allemands, le village ayant changé de nom et pour cause en 1918. On repartait rassasiés mais déjà les jambes s'étaient alourdies et la remontée vers la crête de la forêt était laborieuse. Agnès restait gaie, s'attachait à discuter avec les sœurs de Pierre pour leur faire oublier la longueur de la marche, prenait la main du plus petit pour l'entraîner. Une fois la crête atteinte c'était tellement plus facile de descendre dans la clairière puis dans le bois. Le temps changeait brusquement. Une fois le Doubs passé sans encombre il fallait remonter jusqu'en haut du village et ce sous une brusque averse quand un premier éclair zébra le ciel. Juste avant la maison de la Marie B un méchant éclair suivi d'un très violent coup de tambour qui vous secouait les tripes tomba pas loin des marcheurs déjà trempés et le petit frère s'affola, persuadé qu'il avait pris un « bout d'éclair » dans le dos et ce fut encore Agnès qui aida papa à le rassurer. Papa devait avouer qu'elle était très bien cette petite Agnès et que sa compagnie avait été agréable. En les quittant elle embrassa Pierre en douce et lui dit tout le plaisir qu'elle avait éprouvé à être avec lui et les siens tout un jour.

—- J'en suis très heureux, tu as été parfaite. A demain, vivement.
—- A demain, fais de beaux rêves.
—- Je n'aurai pas besoin de me forcer.

Le temps redevenu beau et chaud ils avaient décidé d'aller se promener vers la petite gorge que le Doubs avait creusée sous Touvens. Ils avaient trouvé un petit coin sous les arbres qui n'était pas fréquenté à l'exception rarement de quelque pécheur mais il n'y en avait pas qui soit visible aujourd'hui. Les baisers rendent les choses plus douces en l'espace d'un instant et Agnès et Pierre déjà échauffés par la marche se laissaient aller avec délice à cette douceur, s'embrassaient tout en se caressant. La main de Pierre avait glissé sous le corsage d'Agnès tandis que ses lèvres plongeaient dans son décolleté à peine entrouvert, l'entrebâillait et que sa main l'ouvrait complètement avant de découvrir un sein puis l'autre. Comment faire pour caresser un sein quand on ne sait pas ? Il n'eut pas à se poser la question longtemps. Le contact avec cette peau immaculée était si doux, le contact appuyé des corps était tel qu'Agnès sentit une dureté poindre contre elle. Elle éclata de rire et Pierre, un peu gêné, se recula un peu et retira sa main qui s'aventurait sous la jupe et qu'elle avait arrêtée tout en riant.

—- Qu'est-ce qui m'arrive, dit-il ?

—- Rien que de bonnes choses, répondit-elle en repoussant gentiment ce qui pointait sans maîtrise.

Ils rirent de bon cœur.

—- Comment tu sais tout ça ? T'as déjà vu ? demanda-t-il inquiet ?

—- Eh ballot, pas avec un garçon ; tu es le premier à me voir ainsi et je suis contente de me laisser faire parce que tu es le premier qui me fait envie. Quant à ce que je sens là j'ai déjà vu la Louisette se faire monter par Baptiste le taureau et j'ai demandé des explications à ma mère qui m'a dit comment ça se passait.

Allez il faut rentrer, dit-elle en se rhabillant et en lui prenant la main. Tu vois, est-ce qu'on a su éviter les excès de la passion comme le dit ton Descartes ?

—- Il ne parlait pas de ça ; en tout cas la philo appliquée m'enchante ! On recommencera ?

—- Qui sait ?

VI

Les années se suivent ; aucune n'est comme une autre mais toutes ont des points communs. Titulaire du permis de conduire à 18 ans, Pierre était arrivé dans sa petite 4 CV après les parents. Inutile de dire qu'Agnès qui allait entrer en école d'infirmières pour essayer de devenir sage-femme s'était renseignée auprès de la tante sur sa date d'arrivée et l'attendait. Il avait à peine tiré le frein à main qu'elle sortait de sa maison et qu'ils pouvaient s'embrasser, comme de vieux copains parce qu'ils pouvaient être vus.
–- Agnès, t'es encore plus belle que l'an dernier.
–- C'est toi qui le dis, répondit-elle en faisant flotter sa chevelure d'un coup de tête séducteur. Je suis contente de te revoir et pressée d'aller me promener avec toi, et « à nous deux », ajouta-t-elle d'un air mutin.
– Moi aussi, que oui. Tu vois, je dois aller saluer la famille dit-il alors qu'il avait dans les jambes les petits venus l'accueillir, qu'il était entouré des grands venus en plus le taquiner et le priver de façon pimentée pour eux de toute intimité avec sa belle, que les parents et la tante arrivaient.
–- Allez, je te laisse pour le moment, dit Agnès en saluant les parents et faisant un baiser au petit dernier.
–- Dès que je peux…

Il monta, se restaura, raconta son premier long voyage en voiture, sans avouer les pointes de vitesse à 100 qu'il s'était autorisées puis descendit chercher ses bagages. Il allait loger chez la Marie B. avec son frère aîné car les lits de la chambre du fond étaient occupés par les deux filles et les deux garçons qui le suivaient et qui avaient bien grandi. Avec son frère il porta son sac à dos et son nécessaire de toilette chez la Marie B. qui ravie de les héberger dans sa chambre de l'étage au dessus de l'atelier de son père, de son vivant menuisier, leur offrit un délice de petite liqueur de cassis maison. Puis ils prirent le repas familial avant de redescendre se coucher.

— T'as vu Agnès ? quelle pépée elle est devenue ! tu vas pas t'emmerder, mon salaud !

— Oh ça va, tu vas pas me chambrer avec elle : elle est belle, on est copains voilà tout, dit-il avec une intonation qui se voulait neutre mais ne l'était évidemment pas.

— On va voir dès demain si ce sera du voilà tout ! On ira se promener sans elle ?

— Ouais, ouais on verra, chaque chose en son temps.

Le petit déj pris chez la Marie B. ils étaient remontés par la ruelle chez la tante ; le village avait connu un grand changement au printemps : l'adduction d'eau et la distribution de l'eau courante dans chaque logement par « l'homme de l'eau », l'entrepreneur qui avait amené l'eau d'une source captée dans la forêt au village. Il n'y avait donc plus de corvées d'eau avec les arrosoirs à porter et la fontaine ne servait plus qu'à abreuver les animaux de passage qui tapissaient encore son pourtour de leurs bouses ou prunes de crottin couleur locale : elle n'aurait bientôt plus qu'une fonction décorative mais elle resterait le centre du village. Pour autant la modernité s'était arrêtée là : pas encore de tout à l'égout. Si la tante avait l'eau au robinet sur évier, la vidange se faisait toujours par un tuyau de descente extérieur qui allait droit au trottoir ; le cabinet était toujours sur fosse et cela ne choquait personne, faisait partie du dépaysement. Le village avait encore perdu un point d'ancrage en ce que le boulanger avait arrêté son activité. On ne pouvait plus aller chercher le si bon pain chaud qu'on croquait en sortant du magasin et maintenant le pain arrivait par la camionnette de l'épicier ambulant ; on n'allait plus au pain, c'était « le pain qui montait ». Pierre et son frère vinrent prendre les ordres : il fallait simplement remonter du bois pour la cuisinière, ce qui fut vite fait. Puis la fratrie s'égaya allée des tilleuls ; ayant entendu des exclamations ils allèrent voir au cimetière ce qui se passait. L'employé communal était en train de défricher une sépulture abandonnée et avait creusé pour voir s'il y avait quelque reste du cadavre oublié mais ayant bu un peu trop pour se donner du courage était tombé dans le trou et avait crié des « Vains dieux, vains dieux » si sonores qu'ils lui valaient des observations indignées d'une dame qui était au cimetière pour honorer les siens.

–- Oh le Louis ! un peu de dignité, tu n'as pas honte de faire le pochard ? Comment veux-tu correctement travailler dans cet état ?

–- Eh bé, la Reine, t'as rien à me dire sinon je te fous dans le trou !

La troupe juvénile qu'Agnès venait de rejoindre était partie vers les sablières en éclatant de rire ; la vie de nature avait quand même du bon !

Du groupe Pierre et Agnès s'étaient vite détachés.

–- Que j'ai de choses à te dire mais il faut qu'on soit tous deux, je ne peux me confier devant tous.

–- Moi aussi mais on ne peut pas se mettre à l'écart dès mon arrivée. Ils ne me louperaient pas et s'ils en parlent

aux parents je risque de ne plus pouvoir faire tout ce que je veux. On se verra cet après-midi si tu peux.
–- Je pourrai, je m'arrangerai, rejoignons-les pour le moment.

Agnès prit des nouvelles des sœurs de Pierre qui étaient au travail ou en faculté de médecine, de son aîné qui faisait son droit et des deux suivants qui étaient en secondaire, des deux petits derniers que les parents s'étaient donnés dont la petite sœur marrante que les grands allaient promener dans une vieille poussette dure comme un wagon de troisième classe d'autrefois. On compara les modes de vie qui se rapprochaient pour une campagnarde scolarisée en ville et dont les parents faisaient eux évoluer le travail de la ferme en mécanisant leur exploitation peu à peu : ils avaient le tracteur, l'ascenseur à foin, auraient acheté la trayeuse électrique si leur cheptel avait été suffisant et ne voulaient pas limiter l'horizon de leur fille à la vie rurale, sauf mariage avec un exploitant, la ferme parentale étant naturellement promise à son frère plus jeune. Puis ils évoquèrent leur vie : Agnès avait brillamment réussi son bac Sciences Ex et était admise à l'école d'infirmières de Besançon où elle serait pensionnaire et elle avait demandé une bourse pour soulager la charge des parents qui n'auraient qu'à lui fournir son argent de poche. Elle appréhendait un peu d'être coupée de son milieu. Elle écouta avec attention la relation de Pierre : pour lui le PCB ce n'avait pas été la joie. Il avait dû fournir une quantité de travail considérable sans pouvoir s'accorder beaucoup de loisirs tant il y avait à apprendre et tant il fallait bien apprendre pour surmonter la concurrence effrénée que connaissait déjà la fac de médecine. En plus de la quantité il avait souffert des matières car en physique et en chimie il n'avait pas la science infuse et devait travailler plus que d'autres. Par contre la biologie l'avait plutôt motivé et l'avait rassuré quant à son orientation ; il avait réussi et il était très heureux d'avoir franchi ce barrage redouté. La vie collective en fac était à la fois redoutable et réjouissante : redoutable à cause du nombre et de la concurrence qui entraînaient bien des travers. Il fallait arriver à l'heure si l'on voulait avoir une place assise dans l'amphi et la prise des cours était parfois difficile. Dans certaines matières le chahut était tel qu'il devenait difficile d'entendre le professeur quand il n'était pas organisé par les nombreux redoublants qui voulaient ainsi gêner les nouveaux venus, leurs concurrents. Le côté réjouissant venait de la liberté de ton et parfois d'attitude des étudiants qui étaient vraiment libres de faire tout ce qui n'était pas interdit : le bizutage connaissait des excès de boisson, d'attitude, la paillardise habituelle de la corporation des carabins pouvant facilement dégénérer. Pierre y était allé sans aucune crainte, avait bien chanté, bien gueulé même, et s'était bien réjoui de se retrouver enfermé tout nu dans une armoire avec une superbe étudiante avec qui il ne s'était rien passé mais avec qui avait été convenu qu'au rhabillage ils raconteraient qu'ils avaient bien fait connaissance et bien profité de la situation au point d'oublier de remettre les culottes qu'ils avaient brandies, ce qui leur avait valu un grand succès d'adhésion ; il avait chanté fièrement à ses frères le lendemain la chanson hautement intellectuelle apprise :

Le dimanche matin
Avec ma putain
Sur ma mobylette

> *Je lui passe la main*
> *Entre les deux seins*
> *Direction quéquette.*

Il gardait surtout le poids du travail qui lui faisait apprécier pour l'instant le gîte et le couvert chez ses parents, pour l'instant car il pressentait qu'il aimerait avoir vite une chambre en ville pour gérer son travail et ses relations comme il le voudrait.
–- Ah ben dis donc tu me fous la trouille je n'ai aucune envie de me retrouver nue avec un garçon dans une armoire !
–- T'en fais pas, à l'école d'infirmières les filles sont ultra majoritaires et tu ne cours pas ce risque. Tu en courras d'autres, notamment celui de te faire draguer par des médecins pendant tes stages.
–- Je saurai me défendre. Je peux être importunée mais pas enlevée d'assaut si je n'y consens pas.
–- Ah, ah, moi qui ai forcé la place forte je le sais et je te fais confiance.

L'après-midi la famille allait faire des courses à Pontarlier. Agnès et Pierre pouvaient donc librement profiter de la nature et du très beau temps. Ils décidèrent de retourner au pont des oies jouir de la fraîcheur au bord de l'eau. Ils s'étaient allongés dans l'herbe dans un endroit bien caché et contaient fleurette au figuré et au propre car il lui chatouillait le nez avec une renoncule qu'il avait cueillie puis l'embrassait pour atténuer le chatouillis. La petite fleur blanche descendait au cou puis au sillon que le corsage entrouvert annonçait comme jardin des délices, s'effeuillait sur le ventre d'Agnès : balayer les pétales autorisait la main à s'égarer en ce lieu stratégique. Agnès

répondait à la sollicitation en flattant la protubérance de moins en moins discrète.
–- Dis donc tu fais concurrence à Baptiste !
En reprenant son souffle et son sérieux il se rappela et lui rappela la chanson du moyen âge :
–- « il ferait bon planter le may au petit jardin de ma mye, garny suys d'outils qu'il y fault ».
–- «Ô mon jardinier ! ma fleur j'y tiens mais je n'en fais pas toute une affaire ; je ne veux pas la faner comme la renoncule en cachette dans la nature. Je ne sais à qui je la donnerai, si c'était à toi ce ne serait ni le lieu ni le moment ».

Le soleil qui en avait sans doute assez vu descendait déjà et il fallait rentrer, joyeux mais pensifs car quand même conscients d'avoir dépassé le stade de la simple camaraderie.

Pierre interrogé par son frère avait lâché, encore troublé, que les relations se faisaient plus pressantes.
–- Attention, avait dit celui-ci ; ne t'emballe pas, n'allez pas trop loin tous les deux ; aller trop vite peut se payer cher. Il ne faut pas que votre avenir soit engagé, que le présent vous fasse un croche-pied, vous n'êtes pas au bout du chemin ! Ceci dit, faites comme vous voulez c'est votre affaire.

La fenaison n'avait pas été rapide tant la météo avait été capricieuse cette année-là. Il pleuvait, il pleuvait. Depuis le matin la forêt n'était pas visible de la fenêtre de la cuisine et regarder la pluie tomber à la longue perdait de son charme : il fallait se trouver une activité pour l'après-midi. Les deux Marie proposèrent des jeux de société et

des chants chez la tante. Pierre et son aîné optèrent pour un tour à Pontarlier en prenant le bus en bas du village, près du pont. Tandis que les deux Marie, les parents, les sœurs et les petits entamaient des Monopoly puis chantaient en canon « Frère Jacques » ou sans canon « Il était un petit navire », « le temps des cerises », « La Madelon », voire épuisaient le répertoire avec « J'fais pipi sur l'gazon pour embêter les coccinelles », (Pierre ne chanterait que plus tard en carabin « Le dimanche matin Avec ma putain Sur ma mobylette »), les deux garçons se lançaient sur la grande rue avec leurs parapluies. Comme Agnès sortait tout à fait par hasard de sa maison, Pierre ne voulut plus aller à Pontarlier et laissa son aîné y aller seul. Il se promena un peu avec Agnès et comme la pluie ne cessait pas ils trouvèrent abri dans la chambre chez Marie B où ils savaient pouvoir être tranquilles deux heures. Ils passèrent par la porte de la grange et s'assirent sur le lit. Ils ne tardèrent pas à entendre le « gai rossignol et le merle moqueur », la belle à avoir « la folie en tête » et tous deux « le soleil au cœur » comme s'ils mettaient en scène ce qui était chanté plus haut à cent mètres de dénivelé. Agnès était allongée la tête inclinée, les genoux levés dans une attitude de relâchement ou plutôt de disponibilité, un vrai tableau d'art. Pierre à genoux par terre tendit la main jusqu'à la glisser sous la chevelure épandue sur l'épaule et à l'égarer dans le triangle du corsage. Elle inclina la tête, le regarda et l'invita :
—- Serre-toi contre moi, le froid s'évanouira et la chaleur régnera.

Il glissa sur Agnès, fiévreusement la chevaucha. Elle lui noua les bras autour du cou. Au contact des corps moulés l'un sur l'autre le désir les submergea et elle se donna à

lui : une approche timide, maladroite qui se termina par un petit cri d'Agnès dans un corps à corps un peu fou. L'odeur du bois qui restait depuis des années dans la maison se confondait avec celle de leur étreinte. Ils reposaient côte à côte enlacés :
— Ma ptite renoncule, qu'on est bien dans notre douceur.
— C'est vrai, c'était doux... mais aussi dur… ma fleur perdue. On l'a voulu, tu crois ?
— Je ne pense pas, ça a été plus fort que nous. C'est merveilleux ce que tu m'as donné.

Un peu hagards, surpris par leur expérience improvisée et première, ils remontèrent le village en faisant un détour pour se donner le temps d'enlever toute trace qu'un œil extérieur a fortiori parental pourrait déceler. Agnès alla cacher son trouble en aidant à la fin de la traite des vaches avant d'investir longtemps le cabinet de toilette. Pierre redescendit le village pour attendre l'arrivée du bus qui lui rendait le frère qu'il était censé avoir accompagné. La discussion fut vive entre eux et ne porta pas sur le film que celui-ci avait vu. Sur la question de savoir ce qu'ils avaient fait Pierre répondit maladroitement qu'ils avaient discuté dans la chambre chez la Marie B.
— Toute l'après-midi à ne rien faire et tu crois que je vais gober ça ?
— Je préfère te le dire car de toute façon tu t'en doutes et tu vas le découvrir un jour ou l'autre. Oui, on a discuté et on est allé plus loin. Mais ne va pas me trahir auprès des parents, ce serait trop compliqué.
— Ouais je t'avais dit de te méfier des croche-pieds. Tu as oublié un peu vite mais je ne veux pas gâcher le reste des vacances de tout le monde et puis j'avais dit que c'était votre affaire. Je ferai comme si je ne savais rien. C'est à

vous de vous débrouiller. Je ne te souhaite pas de problèmes.

Les parents eurent droit au récit de *Psychose* et Hitchcock fut une couverture idéale.

Son frère n'avait pas souhaité de problèmes à Pierre. Ils vinrent rapidement à lui. Pierre et Agnès ne se regardaient plus de la même façon : cette fille gaie était tout d'un coup moins espiègle et elle recherchait plus qu'avant le contact physique. Même Pierre qui avait la réputation d'être un grand « déconneur » disait moins de gaudrioles. Qu'est-ce qui les avait rendus plus graves ? L'entourage ne posait pas de questions mais ils se sentaient observés avec plus d'insistance : ils y perdaient en naturel. Même l'oncle Gaston sentait quelque chose et parlait d'Agnès comme de « cette sacrée ptite Clôdine » en prolongeant le ô de au. Et puis faute d'avoir réfléchi avant, ils s'inquiétaient maintenant. Pierre n'avait évidemment pu se maîtriser dans le baptême du feu.
—- J'ai peur. Si tu te retrouves enceinte, que va-t-on faire ? Tu vas m'en vouloir et tu pourras m'en vouloir.
—- Ne t'en fais pas à l'avance. Je ne pense pas être enceinte. Normalement mes règles sont proches, on verra. De toute façon je ne t'en voudrai pas. Ce qu'on a fait, on était d'accord pour le faire et on l'a fait tous les deux. Quoi qu'il en sera, je ne regretterai pas.
—- J'ai peur quand même. Ce n'est pas que je ne puisse envisager la vie avec toi, c'est que je n'ai pas l'âge, que je ne sais pas si je t'aimerai tout le temps ; je dois bâtir mon avenir, toi aussi et on n'est pas mûrs pour avoir un enfant. Tes parents me haïraient et les miens me maudiraient.
—- Laisse donc les parents de côté. Je n'ai pas couché avec

toi pour t'imposer le mariage et te mettre le grappin dessus. Moi non plus je ne sais pas si je t'aimerai à vie. J'ai couché parce que j'ai obéi à mon envie et toi aussi, non ?
–- Oui pas de doute, alors attendons voir, comme on dit dans ton pays. Je ne suis quand même pas rassuré.

L'incertitude était pesante mais il y avait un autre problème auquel ils n'avaient pas pensé, c'est qu'ils avaient bien envie de recommencer pour parfaire leur approche du plaisir. Ils convinrent de ne pas tenter trop le sort et d'attendre le verdict redouté.

Ils retrouvèrent donc leur vie familiale chez eux ou l'un chez l'autre, firent des petites excursions avec la 4 CV, un jour au saut du Doubs, un autre au Grand Taureau, un autre encore au château de Joux ou au lac de Saint-Point. Agnès était de plus en plus adoptée.

Tout de même le temps passait et le signe tant attendu sans doute retardé par le stress n'arrivait pas. Ce n'est que trois jours avant la fin des vacances qu'Agnès put, triomphante, annoncer à Pierre que « ça y était ».
–- Ah ma petite renoncule, quel soulagement ! Quand j'y pense, c'était d'autant plus merveilleux.
–- Tu vois ; on a eu tort de se faire du souci et on a peut-être trop attendu.
–- Il vaut quand même mieux comme ça. Ce sera long d'attendre l'an prochain mais on attendra !
–- Que oui, je voudrais être plus vieille d'un an !

VII

On ne vieillit pas quand on aime. Pierre et Agnès se retrouvèrent comme s'ils n'avaient pas changé. Pourtant du chemin avait été parcouru : il avait fait sa première année de médecine à Lille et elle avait eu sa première année d'infirmières de Besançon. Surtout ils avaient un an de plus et se sentaient proches de l'état adulte ; ils tournaient la page des jeux d'enfant et des relations vécues naturellement sans arrière-pensées et sans souci du lendemain. En même temps leurs retrouvailles étaient plus profondes : il était étudiant et il avait pris une assurance physique dont il était conscient et pas peu fier, une assurance morale parce que son avenir était engagé, assurance encore un peu limitée par son état de dépendance économique. Elle était en devenir et s'engageait sur la voie qu'elle avait choisie, elle avait acquis l'assurance physique qu'autorisait sa belle allure : de belle taille sans être grande, élancée avec un maintien sans hésitation et surtout avec cette chevelure nourrie dont les boucles n'étaient plus des frisettes de gamine mais de la femme qu'elle allait être, avec ce regard qui se posait sur son interlocuteur comme le soleil sur l'horizon. Aux premiers regards ils avaient connu un moment de stupeur comme si leur vie était suspendue avant de se dire leur joie de revivre quelques moments de douceur.

Et puis ils s'étaient confié leurs vécus de l'année écoulée. Elle avait trouvé dans ses études l'intérêt qu'elle en attendait et surtout la confirmation de l'orientation qu'elle avait décidée ; elle était très déterminée et n'en attendait pas moins les impressions de Pierre sur la vie étudiante. Elle allait maintenant avoir une formation un peu plus pratique et était contente d'aller à l'hôpital commencer à pratiquer. Lui, avait dit avoir passé une année plus spécifiquement médicale et en était content. Il allait aussi entamer à mi-temps les stages en hôpital, dommage qu'ils n'étaient pas dans le même ! Après le bachotage intense subi, quelle détente de se retrouver dans la nature avec elle !

Ces vacances, ils en garderaient le souvenir de vacances heureuses, familiales, marquées par l'AA (l'amitié amoureuse) comme ils disaient, encore sinon innocentes presque irresponsables, toujours champêtres, au goût de lait à fond d'herbe fraîche, à l'odeur sylvestre. Ils conjuguaient la participation aux activités familiales des deux côtés, Pierre déjà perçu comme futur médecin étant accueilli dans la famille d'Agnès comme elle dans la famille de Pierre, et l'approfondissement de leur découverte. Ils profitaient sur ce point de la circonstance que son aîné passait l'été à l'étranger et que donc Pierre était le seul occupant de la chambre de la Marie B. ; ils avaient une grande liberté y compris sur le plan sexuel, parce qu'Agnès prenait maintenant la pilule avec l'appui de sa mère qui ne voulait pas qu'un ennui fâcheux lui arrivât, pourvu que leurs ébats ne transparaissent pas à l'extérieur et que les parents puissent faire semblant de n'en rien savoir. La Marie B. était vieille fille mais pas bégueule et très affective comprenait tout à fait les élans du cœur et du sexe dont les filles de sa génération avaient été privées du fait de la grande guerre et puis les jeunes avaient l'aura des étudiants en médecine à qui une liberté de mœurs pouvait être consentie et à qui il valait mieux la consentir pour qu'ils ne chutent pas dans l'orgie dont l'imaginaire collectif assaisonnait les loisirs d'internat. A peine faisait-elle allusion devant les parents à leurs passages à deux chez elle pour qu'on ne lui dise pas qu'elle avait aidé à la chose mais du moment qu'ils se retrouvaient proprement à tous points de vue elle ne voyait rien à dénoncer, ce d'autant plus qu'elle aimait bien Pierre qui le lui rendait bien et qu'Agnès était toujours aussi gentille que proprette, n'avait jamais eu mauvaise réputation dans le village à la différence d'autres petites du village parfois surprises à être trop accueillantes avec les gars. Ils s'aimaient physiquement doucement et gentiment, ils avaient appris à s'unir sans agitation. Pierre aurait aimé passer la nuit avec elle mais c'eût été trop visible, il ne fallait pas chatouiller le côté moralisateur des parents. Il se contentait de l'admirer reposant étendue après l'acte sur le lit avec son beau corps suggéré par le drap qui le recouvrait et ce visage aux traits détendus et apaisés. Cette vision lui donnait une pleine satisfaction.

Ils avaient bien sûr participé avec bonne volonté aux activités rurales d'autant qu'ils pouvaient le faire ensemble. Il faisait beau, le foin était chaud et sentait bon, l'exercice faisait du bien et était apprécié tant de l'oncle Gaston que du père d'Agnès car à deux ils en faisaient plus et avec plus de bonne humeur que séparément. On pouvait se dépenser et suer d'autant plus qu'Agnès avait maintenant une salle de bains chez elle et que les mâles côté Pierre avaient pris l'habitude de la douche bihebdomadaire aux Bains-Douches de Pontarlier certes rustiques, sur des claies en bois mais avec de l'eau bien chaude et non encore écologiques en ce que les eaux partaient directement dans le Doubs ! Pierre appréciait les marches avec son père qui pouvait encore faire de l'exercice malgré sa polyarthrite durant deux ou trois heures l'après-midi. Ils parlaient moins de philosophie et de métaphysique à deux que lors des déambulations avec le frère aîné au cours desquelles ils évoquaient Teilhard de Chardin qui avait tant marqué leur père et Hans Kung en qui il plaçait des espoirs qui seraient souvent déçus d'évolution de l'Église. Ils philosophaient avec une vision plus sociale : Pierre n'était pas rebuté par la réflexion abstraite et l'aimait bien quand, à la manière d'Onimus ou de Varillon, elle pouvait avoir une application à la condition humaine qui correspondait à sa fibre naturelle, aimait que son père très marqué par son éducation douloureuse au petit séminaire raconte l'intérêt qu'il avait pris à suivre l'évolution de quelques curés d'avant-garde qui s'étaient ouverts à la condition ouvrière, par exemple l'abbé Lemire à Hazebrouck fin XIXe et début XXe, à la genèse de la démocratie chrétienne tant il en savait de choses à la fois sur *Le Sillon* et Charles Maurras. Il aimait le dessin de portraits de médecins d'antan qui faisaient plus confiance en la nature que dans leur science, aimait le dessin par la parole des types sociaux, de figures de notabilités, industriels, grands fermiers, qui étaient plus marquées du temps de son enfance qu'ils ne l'étaient maintenant. Parfois Agnès demandait à les accompagner. Elle écoutait avec grand intérêt et intervenait peu sauf quand elle était interrogée sur la vie locale : si elle connaissait moins bien que papa qui s'était documenté sur le Saugeais l'histoire du village elle savait décrire avec simplicité et saveur parce qu'ils étaient savoureux les personnages qu'elle avait connus, vieilles filles, vieux garçons plus rares, fermiers aussi attachés à leurs bêtes qu'à leur femme ou leurs enfants mais aussi parents admirables qui élevaient avec leurs moyens matériels limités des familles nombreuses ou des enfants nés avec un handicap que le renfermement sur elle-même de la société villageoise avait causé. Ils se séparaient au retour contents des moments passés ensemble. Une Agnès attentive et réceptive, mignonne de surcroît était plaisante à père et fils.

Curieusement Pierre et Agnès évoquaient peu leur avenir sentimental, comme s'il était prudent de ne pas le faire. Pierre jouissait du présent sans se poser trop de questions ou en veillant à ne pas s'en poser trop. Agnès sentait-elle qu'il valait mieux ne pas aborder les problèmes de demain ? Un jour profitant de l'atmosphère de chaleur intime d'après l'amour elle se risqua à lui demander :
-– On est si bien ! Tu crois qu'on pourrait s'aimer pour de bon, que plus tard on pourrait vivre ensemble ? Je crois et suis sûre que ce serait bien.
-– Ma petite renoncule, je suis bien heureux ici et aujourd'hui mais je n'ose par m'engager et nous lier. Bien sûr on n'a pas encore de situation mais surtout que serons-nous demain ? Je veux tout le temps nécessaire pour me déterminer. Je n'ai aucune envie de te faire mal en faisant des promesses en l'air.
-– T'es pas un peu hypocrite quand tu dis ça ? C'est pas une excuse ?
-– Je ne crois pas être lâche ; je veux être réaliste. Je te l'assure avec à la pensée tout le plaisir et toute la joie que tu m'as donnés. Je ne peux pas te promettre, s'il y a un risque que je ne tienne pas. On verra ce que l'avenir nous permettra.
-– Tu as raison, on a toujours pensé comme ça, répondit-

elle un peu difficilement. Je voudrais bien être plus vieille pour savoir, du moins si être plus vieille c'est être aussi heureuse.

Les vacances se terminèrent sur cette AA et ils essayèrent de ne pas se montrer nostalgiques en se séparant ; maintenant qu'ils avaient des projets professionnels apparentés ils pensaient avoir plus de facilité à rester en contact mais redoutaient aussi que leurs études en des lieux différents ne les éloignent, le moral suivant le physique, l'un de l'autre.

VIII

La vie étudiante avait repris son cours. Agnès étudiait bien et faisait ses stages avec beaucoup d'application. La première année d'école était assez scolaire : elle voulait acquérir le bagage qui lui serait nécessaire et avait accepté cette vie assez austère parce qu'elle voulait acquérir le plus vite possible les moyens d'être une bonne soignante. Elle avait commencé ses stages : le premier en médecine générale n'avait pas été si facile car on lui avait fait sentir qu'elle ne savait rien faire et elle n'avait été initiée aux gestes techniques que par certaines infirmières plus ouvertes que d'autres et sachant prendre sur elles malgré leurs charges, le second en maison de retraite où elle avait excellé dans le contact avec les vieux qui avaient corrélativement apprécié sa gentillesse. Elle était devenue bien amie avec Marie-Thérèse qui partageait sa chambre d'internat et sortait le soir avec elle pour le peu de distractions qu'elles s'accordaient : de temps en temps un ciné, plus rarement un concert de chanteur de passage ou une représentation de l'humoriste locale qui évoquait si bien la société rurale d'antan, Laurence Semonin, la Madeleine Proust, qui était, il est vrai, des Gras, pas loin d'Arçon. Elle rentrait bien régulièrement les fins de semaine à la maison. Elle était tributaire des transports en commun, des bus, la ligne Besançon–Pontarlier n'étant pas desservie par chemin de fer et ses parents ne pouvant lui offrir de voiture. Il n'y avait que peu de garçons dans sa promotion et elle n'avait eu aucune tentation ni d'ailleurs d'envie d'être tentée. Elle écrivait à Pierre plus pour avoir de ses nouvelles que pour en donner d'elle qui après deux lettres avait l'impression d'avoir dit tout ce qu'il y avait à dire sur ses études ; elle se rappelait et lui rappelait leurs émotions partagées et l'assurait sans trop insister de peur de le lasser de son grand attachement.

Pierre était complètement accaparé par ses études dont la difficulté et le contenu si volumineux exigeaient d'y consacrer quasi exclusivement son temps ; l'histologie, la biologie et l'anatomie lui plaisaient mais il souffrait plus en biochimie. Un tiers de son activité était désormais liée à l'hôpital. Les premiers contacts avec les malades étaient bien lointains : suivre le patron en défilant dans les salles communes, bien souvent salles des courants d'air tant les fenêtres étaient mal jointes, ne permettait pas d'avoir une conversation avec un malade et il ne pouvait exprimer sa compassion que par le regard ou la gestuelle. Techniquement il ne pouvait qu'écouter et regarder, essayer de comprendre les explications du patron plus accessibles quand celui-ci s'adressait au malade que lorsqu'il s'adressait aux internes ou aux infirmières. Comprendre l'anamnèse des cas n'était pas toujours commode et il avait le vertige de tout ce qu'il avait à apprendre. C'était aussi la révélation d'un milieu social assez dur : le patron avait la science et le prestige de celui qui sait et certains abusaient volontiers de leur position marquant leur supériorité en tyrannisant ou écrasant devant tout le monde internes et externes tandis que d'autres savaient exprimer leur satisfaction ou leur critique avec autant d'amabilité et de confraternité que de grandeur, comme de vrais savants. Il était d'autant plus impressionné que l'affichage élitiste correspondait assez bien à sa nature intime qui le poussait à afficher une grande sûreté. Mais il voyait aussi les malades souffrir et compatissait du fond de son être : il saurait s'en souvenir plus tard.

L'année se terminait pour l'une et l'autre par un examen. Pierre savourait de raconter à qui voulait l'entendre et d'écrire à Agnès les anecdotes de ce passage, notamment l'apostrophe du patron d'anat à deux étudiantes religieuses qui s'étaient présentées trop vite : « Mes sœurs, prenez la queue de ces messieurs ! ». Tous deux étaient passés sans encombre.

Pierre avait confié par écrit à Agnès avant d'en parler à ses parents son projet d'aller en Algérie en tant que soignant ; il avait contacté à cette fin les Pères blancs et avait été admis à passer juillet et partie d'août dans le Constantinois. Il pensait finir ses vacances à Arçon en rejoignant les parents... et Agnès vers le 15 août. Elle avait approuvé du bout de sa plume, plus que les parents bien inquiets devant l'évolution du pays : le régime Ben Bella qui devait apporter le bonheur aux Algériens par l'autogestion tournait à la dictature. Messali Hadj était devenu indésirable dans son pays, le ministre des affaires étrangères avait été assassiné et remplacé par Abdelaziz Bouteflika, Mohamed Boudiaf avait été arrêté en juin. La France était encore secouée par cette guerre qui laissait bien des traces encore vives avec des procès OAS à peine finis. Mais Pierre avait un côté apôtre qui ne le faisait pas reculer devant le danger qu'il minimisait. Il avait été affecté à une sorte de dispensaire tenu en haut de Constantine près du pont M'Cid par les Pères blancs qui soignaient gratuitement les démunis : il y faisait office d'infirmier sous la direction d'une sœur blanche belge, ce qui avait créé une sympathie immédiate, qui était médecin. Il était très à l'aise notamment avec les enfants et les vieux à qui il savait parler et qui le lui rendaient bien. Le séjour avait tourné court car il avait fait une crise carabinée d'appendicite faisant craindre une péritonite qui avait conduit les Pères blancs à le remettre dans un avion sanitaire pour la France. Il avait été hospitalisé à Lille dès son arrivée et n'avait que la présence à ses côtés de ses sœurs et de ses frères qui n'avaient pas accompagné les parents et les plus petits dans le Doubs. La clinique saint Philibert allait bientôt retentir des rires sonores de la fratrie : son frère aîné était venu assister à son réveil et avait ensuite été rejoint par ses sœurs. Pour passer le temps on se faisait la lecture : la déclamation de *Lysistrata* entraînait des éclats et le serment des femmes en grève « aucun amant ni aucun époux ne pourra m'approcher, je mènerai une vie chaste et vêtue de robe légère et parée afin d'exciter les désirs de mon époux jamais je n'y prêterai.. Je n'élèverai pas les pieds au plafond ! » provoquait un fou rire qui attirait la grosse mais gentille sœur Bertille qui soulevait Pierre comme une crêpe et à qui on n'osait dire ce qui avait provoqué l'explosion. On avait l'air de la provoquer quand on recommençait à l'arrivée du héraut de Lacédémone qui annonçait les conséquences du refus des femmes de soulager leurs maris : « Nous souffrons le martyre, nous marchons dans les rues tout courbés... car les femmes ne veulent même pas se laisser toucher... » ou au chant du chœur des vieillards « Il n'y a point d'être plus intraitable que la femme. Ni le feu ni la panthère ne sont aussi à craindre ». A chaque escalade sonore succédait la récrimination de Pierre qui à trop se secouer de rire avait « mal à sa cicatrice ». La clinique encore connaissait la descente aux enfers de Dionysos, le cri des grenouilles

« Brekekekex coax coaax » et la joute entre Eschyle et Euripide au cours de laquelle Eschyle terminait chaque strophe d'Euripide par un « perdit sa fiole ». Ce théâtre antique improvisé devenait aussi bruyant qu'un stade de foot à entendre : « Il n'est pas d'homme heureux ; l'un n'a pas de quoi vivre, L'autre.. a perdu sa fiole. » Bref la semaine de son hospitalisation n'avait pas été triste. Pierre avait profité des moments de calme pour écrire à Agnès ses impressions et les conneries de ses frère et sœurs. Celle-ci qui n'en savait pas assez interrogeait régulièrement les parents mais à cette époque où l'on n'avait pas encore de portables, ceux-ci n'avaient téléphoné que le lendemain de l'opération à Philippe puis à Pierre lors de son retour au domicile familial ils n'en savaient pas bien plus qu'elle. Pierre avait écrit renoncer à son voyage à Arçon et Agnès n'avait pu cacher sa déconvenue : écrire qu'elle n'en attendrait que plus ardemment l'an prochain n'était pas une consolation mais il fallait bien se résigner. Et la vie avait repris son cours obligé.

Agnès avait entamé sa deuxième année de formation en se sentant tout de même un peu abandonnée ; elle s'adonnait d'autant plus à l'étude et suivait ses stages avec volonté et application. Le temps et la distance faisaient leur effet comme une gomme sur un projet de lettre d'amour à corriger. Elle était bientôt la seule à lui écrire mais elle avait décidé de continuer envers et contre tout, fût-ce contre lui. Apprendre les techniques de soin et sortir à petite dose comme elle le faisait ne remplissait pas son attente sentimentale. Elle avait été l'objet comme toutes ses amies d'avances plus ou moins appuyées d'autant qu'elle était jolie. Un externe du service où elle faisait son stage lui était vite devenu insupportable par son insistance déplacée. Il était allé peu à peu à des gestes plus osés qui la hérissaient : en posant par égarement calculé la main sur ses fesses il s'était attiré une réplique claquante sans appel. Il n'avait qu'à se le tenir pour dit. Elle se rappelait les tendresses de vacances qui l'avaient comblée et malgré qu'elle n'ait jamais eu de volonté d'accaparement elle ne pouvait accéder à des tendresses venues d'autres. Elle préférait un célibat même s'il devait être quelque peu militant à une facilité à laquelle elle ne pouvait accéder. Ce serait lui s'il le voulait encore et personne d'autre. Elle n'était aucunement aigrie, elle le voulait et en son for intérieur le revendiquait, sans aucune hésitation pour le moment.

Pierre n'avait pas oublié Agnès, loin de là mais il était obnubilé par ses études et ses stages. Le passage dans les services entraînait forcément de nouvelles relations. A force de tourner dans les salles de traumato, il avait été remarqué pour son attention envers les malades par une petite aide soignante, une certaine Marie-Sophie, aussi blonde qu'Agnès était brune, qui le regardait avec des yeux d'Aphrodite couvant Adonis ; elle l'avait convié à prendre des cafés au CHU puis des pots à l'extérieur et il n'avait pu résister à cette connaissance qui le flattait en lui faisant oublier momentanément l'esclavage de l'étude. Elle était généreuse et lui avait ouvert son lit assez naturellement. Il avait voulu la présenter à son frère qui avait accepté sur son insistance de prendre un repas avec eux au restaurant ; ce dernier avait mis en garde son frère en ce que cette petite ne semblait lui convenir guère et ne pouvait devenir plus qu'un sujet de liaison passagère. Peu à peu il avait réalisé que la satisfaction projetée était un peu étroite, que la spontanéité ne suffisait pas à nourrir l'intimité, que le partage était limité à une activité sexuelle dont le feu non alimenté par autre chose s'éteignait vite, avait espacé leurs relations et à la faveur d'un changement de stage avait cessé de fréquenter le lit de Marie-Sophie. Son frère n'avait rien dit mais pensait bien qu'Agnès serait plus adaptée à ce petit Don Juan de frère carabin. Ledit Don Juan, apôtre inconscient de la diversité, après avoir éconduit Marie-Sophie se retrouvait néanmoins seul avec ses notes de cours et ses bouquins et n'était pas resté au bout d'un court temps sans remarquer les avances de la fille des voisins avec laquelle il avait accepté de se promener en ville. Les relations n'étaient pas allées plus loin parce que les parents cette fois, ne voulant pas d'ennuis de voisinage induits par une fréquentation qu'ils savaient ne pouvoir déboucher sur un lien parce qu'ils connaissaient bien la jeune fille, gentille mais sans bagage, avaient aussitôt mis le holà à ces fredaines. Papa lui avait rappelé le proverbe chinois : « Dans la vie il n'y a que trois femmes qui comptent. Si tu ne vis pas avec la femme qu'il te faut, ta vie n'a aucun sens ». Pierre avait été assommé mais avait réfléchi et fait cesser ses errances sentimentales : c'était bien Agnès qu'il lui fallait.

Ils avaient réussi leurs examens et s'étaient annoncé leurs succès. Agnès espérait qu'il viendrait en vacances en Franche-Comté mais Pierre était d'une part épuisé et d'autre part peu fier de s'être laissé entraîner à ces espèces d'extrasystoles qu'il n'osait lui avouer. Il s'était renfermé sur lui-même. Les tours de Flandres effectués à vélo et en voiture, les balades en barque à Dikkebus ou Zillebeke, avec son frère qui restait sur place avant de partir en septembre en école à Bordeaux l'avaient détendu ; ils avaient évoqué le passé des vacances et une figure lui revenait avec insistance en mémoire d'autant plus que son frère lui disait le souvenir plaisant qu'il gardait de sa conquête d'Arçon. A force de se retourner dans son lit il avait décidé de braver son appréhension de la retrouver et il avait décidé d'y rejoindre les parents.

Agnès avait appris d'eux, avec qui elle s'entretenait régulièrement, son arrivée le jour même de son voyage. Inutile de dire que la salle de bains avait été aussitôt occupée pour un long moment. Elle avait guetté l'arrivée de la fameuse 4 CV et quand elle avait vu son nez pointer en bas de la côte elle était sortie sur le devant de sa maison se tenant avec une grâce de statue antique. Il avait garé sa voiture près de la fontaine, ce qui faisait qu'elle n'était pas visible de chez la tante, et « feignant jusqu'à un haut degré la stoïque fierté » restait debout à côté de la voiture. Ils avaient eu ces instants d'hésitation et d'immobilité qui suspendent le temps, mais hésitation et immobilité avaient vite cédé quand elle avait pris l'initiative d'approcher. Ignorant tout coup d'œil possible d'espion goguenard elle s'était jetée dans ses bras et s'était moulée sur lui qui l'avait enserrée dans une longue étreinte silencieuse et chargée d'émotion.
–- Que tu as été long à venir ! Je désespérais vraiment de te voir cette année. C'est merveilleux que tu sois là, j'ai tellement attendu !
–- Je suis très ému. Tu es toujours aussi belle sinon plus belle qu'il y a deux ans, ces deux ans qui s'effacent tout d'un coup.
–- A quoi ça sert que je sois belle si tu ne viens pas ? Mais tu es là et que j'ai de choses à te dire !
–- Ne me transperce pas, jouissons de ce plaisir unique

d'être à nouveau ensemble. Allez je te retrouve tout de suite, dans une demi-heure, d'accord ?
Elle l'embrassa longuement à pleine bouche :
—- Voilà ma réponse
—- Ah oui, à tout de suite !

IX

Ces retrouvailles étaient un retour en arrière mais aussi un tournant. Les ressorts du lit de la Marie B. avaient été souvent écrasés ; ils sentaient confusément que cette gymnastique devait déboucher sur autre chose à peine d'épuiser ses acteurs. Agnès avait eu la tentation de revenir sur le passé récent pour vite aborder le lendemain :
–- Que j'ai trouvé longue cette année passée et que ton silence prolongé m'a pesé ! Je ne voudrais plus revivre ça. Je voudrais tant qu'on s'aime encore et encore, toujours quoi !
–- Ne pensons plus à hier, répondit-il en saisissant prudemment la balle au bond. Cette année m'a fait réaliser que j'ai besoin de toi ; je le sais maintenant et j'y tiens. Il faudra qu'on s'organise pour vivre séparés avant si Dieu le veut et si on le peut d'être réunis. En attendant profitons de ces épatantes petites vacances.

Un baiser prolongé avait conclu cet échange et scellé leur belle détermination.

Ils rayonnaient du bonheur d'être ensemble ; ils avaient la chance qu'il fasse beau ; ils finirent la moisson avec les fermiers de la famille avec entrain, se promenèrent avec petits frères et sœurs des deux côtés aux sablières, au pont des oies, pont d'un de leurs premiers souvenirs, se partagèrent entre les familles au sein desquelles ils étaient bien accueillis. Ils refirent seuls la balade des Alliés, le père de Pierre ne pouvant plus à son grand regret les accompagner en raison d'un rhumatisme perfide qui s'aggravait. La vieille cabaretière qui les avait accueillis auparavant était morte, dommage ! Ils allèrent déjeuner à la Perdrix, restaurant campagnard aménagé dans une grande ferme comtoise où l'on pouvait manger en plein air au milieu des vaches en pâturage, les tenanciers faisant une cuisine du terroir avec roestlis et saucisses de Morteau et un fromage de la fruitière de Montflovin qui valait bien celui de La Chaux d'Arçon. Ils rentraient à travers cette belle forêt en prenant tout leur temps, en humant l'air des sapins, en écoutant les oiseaux que Pierre appelait en sifflant l'air du chant de l'oiseau de *Siegfried*, en dégustant une petite fraise des bois de temps en temps, sans trébucher quand ils s'embrassaient en marchant. Ils n'avaient rencontré ni biche ni renard et s'étaient contentés de retrouver leurs copines montbéliardes dès l'orée du bois qui avaient tourné leurs têtes vers eux et les avaient regardés avec la placidité de qui fait un travail bien plus important qu'une balade de touriste. Agnès en avait caressé une sur le mufle, ce qui en avait fait meugler une autre. Ils étaient passés sur le pont, avaient regardé le Doubs qui écumait un peu, avaient guetté en vain des truites et étaient remontés au village par la sente qui depuis la scierie prenait le coteau à pleine pente, passait sous un petit pont sous la voie de chemin de fer et arrivait sous la maison de la marie B. Ils arrivaient auprès des leurs un peu fourbus mais si contents.

Pierre avait souhaité aller jusqu'à B'sançon voir le cadre de vie de son Agnès étudiante ; il avait retrouvé la route qu'il commençait à bien connaître, avait décrit à Agnès sa descente à vélo vers Aubonne puis la descente sur le Doubs à leur arrivée. Elle avait dégusté de faire ce trajet qu'elle n'appréciait guère de devoir faire en autocar avec lui et lui avait fait découvrir cette belle ville qu'il ne connaissait pas et ne faisait que contourner par les boulevards quand il arrivait du Nord ou y repartait. Le cadre professionnel d'Agnès ne les avait pas retenus longtemps. L'école d'infirmières rue Fontaine Argent rappelait plus un pensionnat qu'une école moderne et l'hôpital Saint Jacques méritait de devenir monument historique avec la magnifique coupole de sa chapelle. Ils ne s'étaient pas attardés. Au moins le gros avantage bisontin était que l'école n'était pas loin du centre et que l'hôpital et sa maternité étaient dans le centre. Dans ce centre ils avaient admiré le beau palais de justice dont ils ne pouvaient deviner qu'il serait dans bien des lustres l'un des lieux d'exercice du frère aîné. En allant vers la Citadelle Agnès fut appelée par une voix féminine : c'était sa copine Marie-Thérèse qui l'avait remarquée.

–- Agnès que fais-tu là ? T'es en vadrouille ? Tu t'ennuies de l'hôpital ?

–- Mais non, je suis en touriste, tu ne vois pas ?

–- Ah, tu fais la guide particulière ? Tu ne m'avais pas dit !

–- Je te présente Pierre, mon ami, qui vient voir où je travaille.

–- Et tu ne m'as jamais rien dit, cachottière !

Pierre lui fit une bise un peu contrainte par la perspective de devoir partager Agnès.

–- Je suis content de te connaître, Agnès m'avait parlé de toi. On va prendre un pot ? On pourrait déjeuner ensemble si tu veux.

–- Eh bien, non, je ne peux pas et je ne veux pas, dit-elle. Moi aussi je suis attendue. On se racontera, hein Agnès, j'y compte.

—- Moi aussi je veux savoir, tu me diras, j'y compte aussi.
Pierre l'embrassa avec plus de détente qu'il ne l'avait fait quelques minutes plus tôt.

Un arrêt à la cathédrale et la bonne montée à la citadelle main dans la main, un tour des remparts pour admirer la boucle du Doubs ? Quoi de mieux pour ouvrir l'appétit ?

Ils redescendirent comme des gamins zigzaguant entre deux baisers et allèrent prendre place sur la terrasse ombragée de chez Barthod (Bartoh avec un o très ouvert en franc-comtois) après être passés dans la pièce tapissée de façades de caisses de grands vins. Délicieuse jouissance pour Pierre en compagnie de sa délicieuse Agnès illuminée par sa joie et dégustation par tous deux de la crème brûlée au Macvin qui ferait oublier toute vicissitude de la vie. Justement il fallait envisager l'avenir.
—- Tu sais, Agnès, j'aime énormément passer quelques jours à Arçon. Pourquoi n'irions nous pas passer des vacances ailleurs ensemble ? Et après, à la fin de nos études si tu veux encore de moi, on verra à aller plus loin sur le chemin du bonheur.
—- Je suis d'accord avec tout du moment que je suis avec toi et je me fais forte d'obtenir l'accord de mes parents. On aura un peu d'argent avec nos stages. Il suffit de trouver un style de vacances qui nous plaise à tous deux. Pour l'après j'irai partout avec toi. Tu n'as pas à te poser la question de savoir si je voudrais encore : ma réponse est évidente, j'ai trop craint de ne plus t'entendre.

Ils étaient rentrés par Ornans pour admirer les maisons suspendues sur la Loue, voir la maison des grands parents de Courbet dont le grenier-atelier ne pouvait être visité. Ils avaient évidemment évoqué *L'Origine du monde* qui ne pouvait être ignorée d'une future sage-femme et stagiaire gynéco et *L'après-dînée* que Pierre avait vu aux Beaux-Arts à Lille, tableau que certains critiques de l'époque avaient trouvé grossier voire immonde mais qu'il aimait bien pour représenter la réalité rurale et humaine devant la cheminée où l'un des convives succombait à la sieste. Ils avaient jeté un œil à l'ancien hospice en surplomb du Doubs où le grand oncle Joachim, celui qui essayait son cercueil, avait terminé sa triste fin de vie.

L'image de l'avenir inspirée par le Macvin était tracée. Les parents n'avaient rien à dire sur le principe : du moment qu'ils ne prenaient pas leurs décisions à la légère. Agnès ne paraissait vraiment plus « chercher de l'embauche », comme eût dit la Bernadette, aux yeux des parents de Pierre et lui était à l'évidence « amoureux comme un chat borgne », comme on disait à quelques kilomètres (à Vouhenans dont l'église a un clocher très proche de celui d'Arçon) aux yeux de ses parents à elle.

La troisième année de médecine et la formation de sage-femme maintenant entamée avaient rapproché les tourtereaux et il leur était facile de se transmettre leurs impressions : la panique pour Pierre lorsque son patron lui avait laissé mener le début de travail d'une jeune femme en mal d'enfant, la concentration sur fond d'anxiété de mal faire pour Agnès qui assistait l'obstétricien, puis au fur et à mesure l'assurance naissante dans les actes de soin affichée par lui pour se poser et par elle pour rassurer. Elle s'était particulièrement investie dans la préparation à l'accouchement, ce qui l'avait amené à lui demander si elle soufflait aussi bien que la locomotive qu'ils guettaient au pont des oies ! Il avait promis de se confier au moins une fois par mois et il s'y était tenu.

Pour les vacances suivantes il avait déniché un curé qui faisait de l'alpinisme en dehors de tout prosélytisme, qui accueillait dans son presbytère des jeunes pour les initier à la montagne ; à Vallorcine la pension était minime car on n'avait pas de confort à rémunérer, les chambres en sapin étant propres mais nature, la charge de la cuisine et des courses étant partagée entre les jeunes s'ils ne voulaient pas se contenter de la soupe faite avec des légumes du potager que le jeune curé faisait cuire le dimanche soir pour la manger à tous les repas de la semaine. Dans ces conditions l'ambiance était fameuse ; il n'y avait que des étudiants et la bonne humeur était de rigueur. Il n'était pas exigé d'être mariés pour loger dans la même chambre : il n'y avait qu'une exigence, celle d'être sincère et de ne pas faire ou susciter d'histoires. Comme ce brave curé n'était tenu que par la messe le dimanche et qu'il était un grand sportif il emmenait les jeunes qui le voulaient faire de grandes randonnées de tous niveaux. Il les testait en les emmenant de Barberine au vieux lac d'Emosson et s'ils avaient du mollet, ce qui était les cas d'Agnès et de Pierre, les guidait beaucoup plus loin et beaucoup plus haut ; ils avaient fait le Mont blanc où le curé disait pouvoir emmener une vache et au fil des ans bien d'autres sorties, quelquefois à la limite de la prudence. Quand il leur avait fait un peu peur il les emmenait aussi faire du tourisme en Suisse si proche en parcourant la haute vallée du Rhône qu'il aimait tant, non pour y déposer à Sion l'argent qu'il n'avait jamais eu, mais pour coucher à la belle étoile et admirer les paysages du Grimselpass. Il aimait se confier à ses jeunes avec sa foi, ses doutes et en toute occasion sa grande tolérance. Il emportait l'adhésion par son grand amour de la montagne et de son terroir ; finalement il était plus un ami qu'un référent et cet état satisfaisait tout le monde.

Ils avaient travaillé, avaient réussi, aux vacances avaient alterné Arçon et Vallorcine, avaient consolidé leurs relations qui se transformaient en un amour vrai. Agnès était maintenant sage-femme à la maternité de Pontarlier et Pierre externe à Lille. Il s'était intéressé beaucoup à l'infectiologie mais aussi à la psychiatrie. Agnès avait fait un déplacement de huit jours pour assister à sa thèse. Il avait évoqué avec elle sa grande envie de partir loin soit pour faire de la médecine humanitaire soit outremer : le regret de son père de ne pas avoir été administrateur colonial le rattrapait. Il hésitait, lui qui serait bien parti au Biafra, à emmener Agnès sur des terrains de guerre ou de conflit pouvant la mettre en danger. Elle était prête à le suivre partout s'il le fallait en préférant quand même un minimum de stabilité et de sécurité qui permissent d'évoluer en famille. C'est à ce moment qu'ils décidèrent d'utiliser l'exigence du service militaire pour envisager une solution pratique. Il demanda donc à l'autorité militaire de servir civilement et déposa une demande de coopération scientifique et technique. En attendant ils avaient visité la famille proche, les oncles et tantes qui restaient et les cousins assez proches de cœur et d'esprit dont quelques uns faisant partie du corps médical : ils avaient une idée derrière la tête.

X

La réponse ministérielle avait été positive : Pierre serait envoyé à Mayotte, s'il acceptait, à la fin de l'année et serait affecté dans un hôpital à Mamoudzou. Ils s'étaient vite renseignés et on leur avait laissé entrevoir la possibilité d'un emploi à la maison de naissance pour Agnès et d'un logement s'ils étaient mariés. Cela confortait leur petite idée. Ils n'eurent pas de mal à emporter l'adhésion des parents pour un mariage vers la Toussaint.

C'était une heure de gloire pour la tante : un mariage à Arçon qui n'avait pas vu de mariage dans la famille depuis plus de 60 ans. Elle s'occupa de réserver l'office, de trouver les hébergements, chez elle pour le futur marié, à l'auberge de La Vrine pour la famille directe qui avait voulu s'y regrouper, dans les villages voisins jusqu'à La Longeville pour la tante Jeanne, son mari Bertin si boute en train et les cousines. La restauration fut facile à organiser car la copine Marie-Thérèse d'Agnès devenue infirmière libérale avait épousé un fabricant de saucisses de Morteau qui avait transformé la ferme familiale en auberge annexe de son tuyé avec une grange aménagée en salle de réception. Les membres de la famille du marié, parents, sœurs aînées mariées, frère encore isolé et frères et sœur plus jeunes, en profitèrent pour passer quelques jours qui ravivèrent leurs souvenirs : ce fut délicieux pour tous et en même temps un peu nostalgique parce qu'ils sentaient tous que ce pouvait être la dernière grande réunion en ce lieu d'ancrage. Il avait fait très beau sauf le jour du mariage pour que le proverbe « mariage pluvieux... » dise vrai.

Le vieux curé était mort et enterré dans le cimetière ; il était remplacé par un prêtre itinérant ouvert qui accepta que la messe soit concélébrée par « tonton l'abbé » que papa avait connu au petit séminaire d'Hazebrouck, maintenant professeur de vieux français à la Catho à Lille ou vieux professeur de français comme il disait, devenu grand ami et plus membre de la famille que d'autres qui l'étaient par le sang, et le curé de Vallorcine, qui pour une fois avait quitté ses Alpes. Ce fut un grand moment d'émotion : on retrouvait le passé en dressant l'avenir. Comme autrefois les dames, dont la plupart ne portaient plus le chapeau avec voilette, étaient à gauche dans l'église et les hommes à droite ; le chœur des femmes, les vieilles filles étant maintenant nettement minoritaires entraînait toujours l'assistance et entretenait la ferveur qu'il n'était pas besoin de commander pour Agnès et Pierre. Les mariés avaient observé lors de la bénédiction de leurs alliances l'ancienne coutume nordiste du treizain : le marié dépose dans le plateau à côté des alliances treize pièces dont une grosse, douze petites pièces symbolisant les apôtres ; il donne après avoir passé l'alliance au doigt de sa femme la grosse pièce en signe de ce qu'il lui confie la charge de l'entretien du foyer ; la femme devait la conserver religieusement et se faire enterrer avec elle. Bien loin de cette pensée elle avait déposé un chaste baiser sur ses lèvres, c'était un bien meilleur gage. Tonton l'abbé se surpassa dans son sermon en rappelant le sage enfance de la petite Agnès, le moins sage petit Pierre et le début de leur amour dans le foin, sans savoir à quels points c'était vrai ! Il leur demanda de s'aimer toudit comme on disait en vieux patois de Lille c'est-à-dire *tota die*, en traduisant tout le jour, tous les jours, toujours. Le curé de Vallorcine évoquant leurs belles randonnées les exhorta à continuer à s'élever. Pour une fois les hommes n'avaient pas fui après le sermon et le vin d'honneur fut servi sous le préau de l'école, regroupant tous le villageois d'un certain âge autour d'un Côte ou d'un Crémant du Jura : ils se rappelaient le bon vieux temps d'après guerre où l'on n'était guère riche mais encore bien heureux. Le repas de noces fut digne de la Franche-Comté autant que de la Flandre, bien fourni, bien arrosé, gai et chantant et il fut bien nécessaire de se dégourdir les jambes pendant que le mari de Marie-Thérèse et son aide installaient la sono. Après une bonne suite de danses les mariés respectèrent la coutume du Vivat flamand : des serviettes blanches, symbole de la voûte de passage dans l'état conjugal, furent tendues par les hommes au dessus d'eux assis côte à côte sur des chaises et entonnèrent ce chant :

Vi-i-vat-at, vivat semper, semper in aeternum !
Qu'ils vivent, qu'ils vivent, qu'ils vivent à jamais !
Répétons sans cesse, sans cesse, qu'ils vivent à jamais
En santé, en paix, ce sont nos souhaits !
Vi-i-vat-at- vivat, semper, semper in aeternum !

en les arrosant de champagne pour les baptiser dans leur nouvel état. Les danses ayant repris, personne ne vit les mariés s'éclipser. On ne les retrouva que le lendemain chez la tante pour passer une dernière journée de repos avant de repartir. Pierre avait été si fatigué par sa journée et ses excès que la nuit de noces, il est vrai déjà vécue, consacrée à dormir ne laissait aucune trace d'agacement ou d'épuisement assez habituelle.

Le temps à courir avant le départ fut consacré à sa préparation qui n'était pas une mince affaire. Agnès s'était fait mettre en disponibilité. Il fallait régler l'aspect matériel. Ils seraient certes logés et meublés encore qu'ils ne savaient pas dans quelles conditions et il fallait emmener vêtements et objets personnels auxquels ils étaient attachés, transporter tout ce qui était conséquent à Marseille pour embarquement en transport de marchandises des coffres ou malles. Expédier la voiture était trop onéreux et déconseillé, l'état à son arrivée étant aléatoire ; il vaudrait mieux en racheter une là-bas. La collecte commença dans le Nord où ils séjournaient à cette fin. Pierre faisait et refaisait ses malles en pointant ses listes, ce qui faisait sourire Agnès qui en profitait pour vivre dans la société qu'elle appréciait de sa belle famille. Que faire de la masse des cours de médecine et des bouquins de sa bibliothèque personnelle. Pierre essayant de maîtriser ses passions, du moins celle des livres, passa un certain temps à réfléchir à ceux qu'il pourrait vouloir relire ou consulter et pour certains ne pouvant trancher avait décidé de les emmener, si bien qu'il avait fallu louer une remorque pour la voiture que son père lui prêtait. Ayant terminé avec ses affaires ils répétèrent les opérations à Arçon : il admirait Agnès pour son sens pratique et ils furent bientôt sur le départ. Les adieux furent un peu douloureux car les parents d'Agnès ne pouvaient ensuite aller leur dire « adieu » à Orly quand ils prendraient l'avion et ne savaient pas s'ils reviendraient à la fin du contrat de coopération de Pierre : ils craignaient un peu le contraire. La voiture et sa remorque vidées à Marseille ils remontèrent dans le nord les rendre et les parents de Pierre les emmenèrent prendre l'avion à Orly. Un dernier repas pris ensemble le soir et ils passèrent en salle d'embarquement, Pierre droit comme un chef d'armée partant en campagne ne voulait pas montrer son émotion, Agnès consolait sa belle-mère qui n'avait jamais su se séparer d'un de ses garçons sans avoir sa larme à l'œil. C'était parti : escales au Caire, à Nairobi, à Saint-Denis de la Réunion et transfert à Mamoudzou.

XI

Bien qu'épuisés par une nuit et un jour de voyage ils étaient émerveillés par la descente au dessus de l'immense lagon de Mayotte dans un coucher de soleil admirable d'océan indien avec ce grand soleil plongeant dans l'océan comme nulle part ailleurs. Ils se serraient l'un contre l'autre malgré leurs ceintures ; qu'allaient-ils connaître ? L'aventure commençait.

Le médecin directeur de l'hôpital était venu les chercher à l'aéroport et leur dire qu'ils étaient attendus impatiemment tant le corps médical était en sous-effectif. De l'aéroport de Dzaoudzi pour aller à la ville il fallait prendre le bac, un centre d'informations très animé comme si tous se connaissaient. La mer était superbe et la ville semblait adossée à la montagne pour faire mieux valoir son littoral mais quel lieu de contrastes ! Le port avait pour fond une sorte de favella avec des constructions disparates et assez misérables ; le littoral était merveilleux et la nature foisonnante avec des baobabs, des lauriers roses, des bougainvillées, des palmiers. Cette foule bigarrée qui déambulait dans les rues, les hommes coiffés de leurs kofias, les femmes souvent imposantes dans leurs robes jusqu'aux pieds et des enfants partout, les dépaysait complètement. Le directeur les conduisit à leur appartement en premier étage d'une maison près de l'hôpital, rue de l'internat, leur présenta les lieux, les aida à décharger les premiers bagages et les convia à venir dîner à l'hôpital qu'on apercevait de leurs fenêtres ; le logement était rustique mais apparemment propre. Ils firent le lit, inspectèrent la batterie de cuisine où tout était électrique, commencèrent à vider les valises et à ranger leurs affaires. Qu'il faisait chaud ! Ils prirent la douche à deux pour se donner du courage et se séchèrent devant la télé en regardant les programmes de métropole d'il y avait quinze jours.

Au rez-de-chaussée habitait un autre coopérant médecin célibataire qui vint leur souhaiter la bienvenue et leur conseiller de ne surtout pas s'arrêter à leur première impression. Lui se trouvait très bien après un an de séjour.
L'hôpital était surprenant avec les draps qui séchaient sur la clôture et les pavillons sous tôle ondulée. La maison du directeur était du même style : une grande case avec un intérieur équipé. Il était mariée à une infirmière mahoraise, belle femme élancée à la différence de celles qu'ils avaient vues en circulant, qui se montra très accueillante et assura à Agnès qu'elle pourrait lui demander tout ce qui lui manquerait. Le directeur leur présenta la mère supérieure qui dirigeait les sœurs infirmières et l'autre coopérant les rejoignit. Le repas fut simple et bon : du poisson cuit au barbecue, du riz, du jus de baobab, de cocotier ou de l'eau minérale de métropole. L'atmosphère était amicale. Le plus dur selon les convives serait de s'accoutumer aux mœurs locales mais ils verraient : les gens étaient attachants. Techniquement le plus dur était de ne pas avoir tout le matériel ni toute la pharmacopée disponible comme en métropole mais on arrivait à se débrouiller et sauf urgence difficile les résultats étaient satisfaisants. Le directeur annonça à Pierre qu'il serait associé à l'autre coopérant en médecine générale et qu'il devrait se spécialiser en gériatrie. Pour Agnès la question de

l'affectation ne se posait pas : elle était bien sûr affectée à la maison de naissance qui, elle le verrait, ne désemplissait pas et où les sages-femmes faisaient seules bien des accouchements. Le lendemain le chauffeur de l'hôpital les emmènerait au port voir si leurs malles étaient arrivées et faire un ou des tours de ville pour faire connaissance avec leur nouveau cadre de vie.

Évidemment les bagages expédiés par bateau n'étaient pas arrivés : ils devraient se débrouiller avec ce qu'ils avaient pour le moment ou acheter le strict nécessaire avec leurs disponibilités limitées. Sur cette déception ils allèrent voir la ville. C'était un complet dépaysement par rapport à la Franche-Comté et à Lille : six mille habitants mais rien à voir avec Pontarlier. C'était à la fois beau et déroutant. Justement le marché parcouru à pied était une espèce de souk en plein air où tout était à vendre. Agnès fit sa provision de tomates, de bananes et s'informa auprès des marchandes sur les nombreux piments en vrac exposés ! Au retour quelle était cette queue devant la préfecture ? Le chauffeur leur expliqua qu'il y avait deux files de personnes patientant avec des tickets, certains depuis quatre heures du matin, une file pour les permis de séjour, une file pour le dispensaire jouxtant la préfecture, que bon nombre avaient dû arriver pendant la nuit en kwassas, ces canots de clandestins venant des Comores. Ils improvisèrent un repas chez eux, firent la sieste et se promenèrent le reste de l'après-midi. Le soir ils écrivirent leurs premières impressions aux parents en veillant à ne pas transcrire leur fond d'inquiétude dominé facilement par leur satisfaction d'être ensemble et tout à fait ensemble.

Après une nuit qu'ils avaient espérée plus réparatrice, l'hôpital les attendait. Agnès fit connaissance d'une consœur et des infirmières, la plupart religieuses, à la maison de naissance : sous son aspect de grande baraque cette maternité était de façon surprenante assez bien équipée et elle y eut un petit bureau personnel. Le premier problème tenait au fait qu'elle ne désemplissait jamais et que les soignants avaient du mal à souffler un peu. Les femmes venaient y accoucher par fournées débarquées de kwassas et repartaient avec ou sans le bébé ou ne repartaient pas en comptant sur la nationalité française du bébé né sur le sol de France. En général elles se délivraient assez facilement en femmes proches de la nature mais arrivaient aussi des cas difficiles de bébés de mères dénutries, paludéennes ou mal traitées et maltraitées. Il fallait d'abord arriver à communiquer, ce qui était facile avec les mamoudzoues habitant la ville depuis longtemps, ce qui était plus difficile avec celles qui ne parlaient que le shimaore. L'expérience des religieuses l'aiderait à parler assez vite une sorte de sabir, une espèce de créole mélangeant les langues qu'ils utiliseraient dans le couple pour bien rire et à dépasser la communication par gestes ou par mimes : mimer les efforts à faire par les parturientes était vite fatigant ! L'autre problème était celui de la misère : bien des accouchées n'étaient pas affiliées à la sécurité sociale, l'aide médicale était limitée, le secours charitable de la communauté ne permettait pas tout et il fallait essayer que les sorties de maternité précipitées pour raisons économiques ne soient préjudiciables ni à la mère ni à l'enfant. Il fallait ajouter une bonne part d'intuition à un système D coutumier. A condition d'être exigeantes sur le plan de la propreté les soignantes vivaient assez bien cette situation parce que la reconnaissance des populations suivait ce qui était vécu comme un secours. Il y avait relativement peu d'accidents d'accouchement et la pathologie néonatale était due à l'état antérieur des mères qui ne pouvait générer de remords né du travail fait. Agnès s'était vite habituée et donnait beaucoup de sa personne jour et nuit pour faire face à l'afflux qui était bien sûr le grand problème.

Pierre introduit par son collègue était tombé de haut. Les services de médecine générale et de gériatrie pas trop mal équipés avaient quant à la population des allures de cour des miracles. Les pathologies ordinaires étaient doublées par des cas de paludisme, de trypanosomiase, de bilharziose qui faisaient dire au collègue qu'on était souvent dans la merde au propre, en fait au sale, et au figuré. Pierre allait se plonger dans les bouquins pour étudier ces maladies qu'il n'avait pas vues en métropole. En traumatologie les dégâts étaient plus ordinaires si les causes pouvaient être spécifiques comme les destructions de membres par requins. Il y avait presque toutes les générations de 16 à 80 ans passés : on y voyait des vieillards respectés et entourés, peut-être des chefs coutumiers, qui obtenaient des autres tout ce dont ils avaient besoin ; on y voyait surtout beaucoup de misère individuelle et sociale et il suffisait de regarder le bagage de chacun sous son lit pour se faire une idée de l'état social du patient. Les plus jeunes filaient devant les vieux qu'il ne s'agissait pas de ne pas respecter sauf un ou deux individus qui ne filaient devant personne et qui avaient toute l'apparence de petits chefs de bande. Pierre allait rencontrer les mêmes problèmes de communication qu'Agnès et ça l'amusait beaucoup de se transformer en mime Marceau avec son naturel de grand communicant. Il était vite apprécié des patients et passait beaucoup de temps avec eux : il se forgeait une réputation de muzungu, d'étranger, qui comprenait bien ses patients. Il avait comme Agnès séduit assez vite le personnel soignant et le couple s'était fait une réputation qui leur ouvrirait bien des cœurs et des portes.

Ils se retrouvaient le soir avec bonheur mais ne voulaient pas se refermer sur eux-mêmes. Quant à faire une expérience autant la faire la plus enrichissante possible. Ils avaient accepté les invitations de métropolitains installés à Mayotte et participaient aux réunions dominicales, aux barbecues des particuliers comme aux sorties collectives, aux randonnées dans la montagne comme aux sorties en mer dans ce lagon merveilleux ou simplement aux bains de mer. La fibre sociale de Pierre n'excluait pas une recherche des autorités : il avait apprécié l'offre d'amitié du préfet, du commandant de gendarmerie, du lieutenant de corvette de la marine, de pilotes d'avion d'Air Austral, plus tard de Corsair. Il avait eu plus de mal à nouer des contacts avec le président du conseil général mais y était arrivé par le biais du conseil d'administration de l'hôpital, avait eu plus de mal encore avec l'imam local mais des malades influents dans la communauté musulmane l'avaient introduit. Tout cela les avait initiés à la société si diverse de Mayotte. Ils avaient voulu aller plus avant mais entrer dans les cases et dans la vie des familles avait été long et laborieux : il avait fallu l'aide de l'assistante sociale de l'hôpital et de l'éducateur de rue que celle-ci avait présenté, mahorais tous deux, pour pouvoir entrer dans les cases et nouer des conversations avec ceux qui parlaient français. Ces contacts étaient bien utiles pour comprendre l'histoire des habitants, pour comprendre certaines attitudes de malades shootés qui voulaient faire la loi à l'hôpital comme dans leur bidonville, pour essayer de faire admettre à certains vieux qu'ils étaient affectés de troubles mentaux et non victimes de djinns.

Au fur et à mesure le docteur français et la sage-femme qui remplaçait si bien les matrones avaient été adoptés socialement et avaient appris la prudence car toute approche trop invasive pouvait susciter des réactions inattendues dans cette société violente : Pierre avait reçu des avertissements indirects quand il s'était apitoyé sur son sort et avait pensé pouvoir protéger un jeune étroitement surveillé par un petit caïd de zone. C'était un des problèmes de l'île que ces bandes de jeunes abandonnés par les parents à la naissance ou clandestins arrivés par kwassas et disséminés dans le bidonville qui vivaient en situation de guerre et ne connaissaient que la violence pour régir leur vie et se faire de l'argent : *money, money* ! Le commandant de gendarmerie lui avait dit de ne pas s'en mêler et l'avait averti de la relativité de son propre pouvoir ; Agnès était évidemment allée dans le même sens. Professionnellement Pierre s'investissait de plus en plus dans la gériatrie : il allait devenir un apôtre de la thérapeutique fonctionnelle, allait de temps en temps à La Réunion pour participer aux séances de la société de gérontologie, section outre-mer.

La famille leur manquait quand même : ils étaient restés sur place à la fin du contrat de coopération à la demande de l'hôpital et avaient maintenant droit à un aller-retour métropole payé par l'État tous les deux ans. Les retours étaient de vraies fêtes tant ils avaient de choses à raconter. Ils avaient convaincu leurs mères de faire le voyage et ça avait été drôle de voir les deux belles-mères débarquer de l'avion aussi ravies que désorientées, elles qui n'avaient jamais fait de grands voyages . « Doubistes » de naissance toutes deux elles étaient devenues « bien mieux » proches. Il avait fallu les habituer à la cuisine tropicale et , plus dur, aux insectes et autres margouillats qui n'habitaient plus ni le Doubs ni le Nord. Les quinze jours passés avec elles avaient été un vrai bonheur et cette richesse avait après leur départ rendu plus vif leur désir de fonder une famille. Maintenant que leurs situations étaient relativement stabilisées ils envisageaient d'avoir un bébé. Agnès n'avait aucune envie d'accoucher à Mamoudzou, petite cité où elle était trop connue et pas encore assez rassurée si un accident devait arriver. S'il pointait son nez, ce bébé, ils iraient le faire naître en métropole : il suffisait de bien calculer son coup. Ils apprirent à le faire en abandonnant la pilule, en réfrénant leurs ardeurs et un vigoureux garçon naquit à Pontarlier un bel été, belle occasion de regroupement de tous ceux qui pouvaient venir. Il fut conformément à la tradition familiale acceptée par sa mère prénommé Édouard, tout petit-fils premier né prenant le prénom de son grand père depuis l'ancêtre Charles-Louis en 1782. Heureusement que bébé allait repartir sinon il serait devenu le centre du monde. La tante s'extasiait devant « ce p'tit » sans se douter que ce serait le dernier bébé de la famille devant lequel elle s'extasiait car elle allait succomber à un AVC deux mois plus tard.

Le retour s'était bien passé grâce à la nature généreuse d'Agnès qui avait nourri ce bébé affamé, fort d'une telle lignée, en dégrafant discrètement son corsage dans l'avion ou l'aéroport. Il avait grandi sans problème et s'était parfaitement habitué à sa garde indigène, sa Nénenne, à laquelle il était heureusement attaché car ses parents bien que désireux de vivre le plus possible avec lui étaient bien souvent retenus par leurs malades. La vie avait si bien suivi son cours que les époux toujours amoureux avaient récidivé deux ans plus tard et mis au monde une petite fille qui prendrait le prénom de sa grand-mère maternelle, Aurore. Les enfants ne fréquentaient pas les écoles de la zone démunie et avaient eu une scolarité équilibrée doublée d'une vie de loisirs qui était celle des enfants de favorisés : ils étaient de bons écoliers, lycéens et étaient devenus de grands sportifs notamment en natation à cause de l'océan, ce qui avait été l'occasion de bien des voyages, à La Réunion et en métropole. S'ils étaient ainsi bien intégrés à Mayotte, ils se sentaient naturellement français de métropole. Leurs parents avaient donc assez vite décidé de se créer une base et avaient opté pour une construction de chalet de vacances à Arçon : ils avaient acheté le « pré » le long de la « ruelle » et fait bâtir par le charpentier Girardet du village un très beau chalet avec une cheminée au dessus d'un foyer ouvert, cheminée dont Pierre avait exigé qu'elle ait la forme d'un tuyé. C'était un retour à leurs premières amours, à cinquante mètres de la maison de la tante dont l'appartement avait, après tristes difficultés de la succession de l'oncle Gaston propriétaire et de son héritière, échappé à la famille directe et à cent cinquante mètres de la maison des parents d'Agnès, là où elle guettait Pierre et son arrosoir autrefois. Elle y revenait tous les ans avec ses enfants qui y invitaient leurs cousins, Pierre tous les deux ans et tous jouissaient de leur attachement croissant à ce point d'ancrage.

A Mayotte au fil des ans Agnès se fatiguait des conditions de travail à la maternité. Elle aimait son travail mais avait l'impression d'être écrasée par un rouleau compresseur qui ne s'arrêterait jamais. L'afflux de clandestines était de plus en plus important et les accouchements se suivaient transformant les lieux en chaîne de production robotisée : une maternité transformée en usine à poulets ? Il était difficile d'y cultiver l'aspect humain et relationnel du métier. De plus le système avait changé, le centre hospitalier s'était tout à fait sécularisé et le management s'était déshumanisé. Elle se sentait moins indispensable qu'avant. Elle songeait peu à peu au rapatriement. L'accès des enfants au cursus universitaire était une occasion propice. Restait à convaincre Pierre ; elle craignait bien de ne pas y arriver.

Pierre était devenu chef du service de gériatrie. Il cumulait avec bonheur et succès des fonctions administratives et ses activités médicales. Il était aimé des vieux qu'il savait soulager et qu'il accompagnait quand l'issue était devenue inévitable jusqu'à une mort douce. La politique avait un peu gâché son plaisir : quand il avait voulu créer une clinique, il avait convaincu le nouveau président du conseil général et avait pu devenir médecin chef d'une belle « clinique des lauriers » et s'était épanoui dans ce nouveau métier ; mais *Ô tempora, Ô mores !* Cicéron aurait pu écrire ses *Catilinaires* avec pour sujet la politique tropicale, les élus avaient changé et l'atmosphère du conseil d'administration de la clinique était devenue lourde. La satisfaction d'être près des malades âgés ne gommait plus sa déception de gestionnaire. Peu à peu il avait songé à passer la main localement. Il s'était d'autant plus investi et évadé dans la communauté scientifique internationale de la gérontologie. Au début il avait l'impression d'être une image de Mayotte, peu à peu il ne se sentait plus de légitimité à l'être. Il prenait souvent l'avion pour un point ou un autre du monde et avait noué des contacts avec des spécialistes étrangers ou des responsables de l'ONU : il se forgeait un réseau relationnel qui existerait toujours. Lors d'un congrès de gérontologie aux Philippines il avait fait une sérieuse ischémie et n'avait pu être revascularisé sur place. Rapatrié sanitaire à Parsi il avait été sauvé mais l'alerte avait été chaude. Rentré soulagé dans sa famille il gardait un fond d'inquiétude alimenté par son cardio qui lui conseillait de s'arrêter purement et simplement au bénéfice d'une invalidité que sa mutuelle prendrait probablement en charge.

Le couple connaissait un autre problème en tant que parents : Édouard était parti en métropole faire Polytechnique et ne regrettait pas Mayotte. Aurore, devenue fille unique, cherchant sans doute à s'émanciper d'une affection trop envahissante fréquentait le fils d'un notable local, ce qui leur déplaisait d'autant plus que Pierre le soupçonnait d'être un peu mafieux ; malgré leurs recommandations elle n'avait pas cessé de le voir. Les relations d'Aurore et de ses parents se tendaient et comme elle était aussi têtue que les filles de la famille de Pierre ils ne virent bientôt de solution que dans la fuite.

Pierre avait été placé entre-temps en invalidité et avait passé la main à la clinique à son adjoint plus neutre que lui en politique. Ils avaient donc décidé d'organiser leur retour en métropole. Aurore n'était pas contente mais se faisait une raison puisqu'elle devait intégrer une faculté : elle voulait faire du droit animée qu'elle était de la volonté héritée de son père de défendre les faibles. Qu'elle le fasse à La Réunion qu'elle connaissait finalement assez peu ou en métropole où elle reverrait plus souvent son frère et les familles, lui était égal.

C'est ainsi qu'Agnès, Pierre et les enfants avaient tourné la page. Les adieux avaient été très émouvants car ils laissaient une grande trace à la maternité, à l'hôpital et à la clinique mais la décision était prise et il fallait s'y tenir, sauf à finir diminués à Mayotte où les choses ne pouvaient rester indéfiniment telles qu'elles avaient été. Les parents du copain d'Aurore ayant proposé de l'accueillir chez eux pendant les vacances universitaires ils avaient refusé tout de go et catégoriquement ; la proposition avait enfin fait réfléchir la jeune adolescente qui réalisait qu'elle risquerait de passer sous une domination plus pesante encore que celle de ses parents et avec un futur bien incertain pour lequel elle ne voulait pas s'engager.

Ils étaient revenus dans leur point d'ancrage avec un sentiment mitigé mais au moins ils y seraient bien pour se réorganiser.

Aurore s'était inscrite à la fac à Besançon. Ils lui avaient trouvé un belle petite chambre « dans la boucle » qu'ils l'avaient aidée à aménager, ce qu'elle avait fait avec beaucoup de goût. Elle semblait avoir rompu avec son mamoudzou, en tout cas elle n'en disait rien et c'était bien ainsi pour eux.

Agnès avait vite trouvé une solution pour elle : la chance à travers sa copine de jeunesse lui était offerte de devenir formatrice à l'école de sages-femmes de Besançon. Elle pourrait faire la route sans gros problèmes puisqu'elle ne devrait pas y aller tous les jours : elle équiperait sa voiture en conséquence.

Pierre aurait bien repris une activité, avait envisagé de s'associer en libéral à une collègue généraliste et gériatre ou de postuler à un poste de praticien en EPADH à Doubs mais il se heurtait aux règles de son assurance qui ne le couvrait que si son activité était vraiment occasionnelle ; de toute façon il vivait cette situation comme une « *capitis diminutio* » et il s'arrêta pour de bon. Il ne conserva que l'accompagnement des recherches d'un professeur de gérontologie avec qui il avait une grande affinité intellectuelle sur le plan institutionnel européen et mondial. Il participait à des congrès de temps en temps, rédigeait des rapports et des propositions. Hors de sa spécialité il se passionnait maintenant, secondé à sa grande satisfaction par Aurore qui aimait l'histoire du droit, pour l'étude des coutumes du Saugeais : il s'était lancé dans l'étude du coutumier du val du Saugeais de 1458 et se plaisait à faire quelques causeries sur l'histoire locale, rappelait avec jubilation que l'idée de la république du Saugeais était née lors d'une conversation entre le père Pourchet et un préfet qui portait le nom d'Ottaviani comme le cardinal romain qui avant Vatican II faisait bien rire l'adolescent qu'il était en préconisant contre les pulsions sexuelles de manger des carottes et des poireaux ! Il affichait sur sa voiture l'écusson de la république avec son sapin et sa rivière ; il était devenu spécialiste de l'abbaye de Montbenoît, de son joli cloître si simple, du Christ dans sa mandorle « *Vos estis lux mundi* » et surtout des sculptures des stalles notamment de celle qu'il aimait bien parce que la Dalila qui coupait la barbe de Samson était belle comme Agnès, qui, elle, ne lui avait pas enlevé

ses forces comme le modèle et les avait magnifiées. Elle avait pris sa retraite à son tour et partageait la même passion. Ils auraient pu vivre heureux, aussi longtemps que bien des vieux « t'oncles » et tantes d'antan mais un cancer foudroyant allait l'achever. Il vécut son calvaire avec dignité et stoïcisme.
—- Je ne pensais pas te faire ce coup-là mais je me rappelle ce que citait mon père : « *Oude liefde en ruust nie* » (vieil amour ne rouille pas). J'ai eu la femme qui m'a fait rêver.

Il aurait voulu que ses cendres soient dispersées dans le Doubs au pont des oies mais sa volonté ne put être respectée pour de vagues raisons administratives ; il fut enterré au cimetière en bord du chemin qui y menait. Sur la pierre tombale ne serait gravée outre leurs identités.. qu'une renoncule.